骆宾基全集

边陲线上

骆宾基 著

山西出版传媒集团　山西人民出版社

图书在版编目（CIP）数据

边陲线上／骆宾基著．—太原：山西人民出版社，2022.6

（骆宾基全集）

ISBN 978-7-203-12210-4

Ⅰ．①边… Ⅱ．①骆… Ⅲ．①长篇小说—中国—当代 Ⅳ．① I247.5

中国版本图书馆 CIP 数据核字（2022）第 038523 号

边陲线上

著　　　者：	骆宾基
责任编辑：	高　雷
复　　审：	武　静
终　　审：	姚　军
装帧设计：	张镤尹

出 版 者：	山西出版传媒集团·山西人民出版社
地　　址：	太原市建设南路 21 号
邮　　编：	030012
发行营销：	0351－4922220　4955996　4956039　4922127（传真）
天猫官网：	https://sxrmcbs.tmall.com　电话：0351－4922159
E — mail：	sxskcb@163.com　　发行部
	sxskcb@126.com　　总编室
网　　址：	www.sxskcb.com

经 销 者：	山西出版传媒集团·山西人民出版社
承 印 厂：	山西出版传媒集团·山西新华印业有限公司

开　　本：	720mm×1020mm　　1/16
印　　张：	12.25
字　　数：	180 千字
版　　次：	2022 年 6 月　第 1 版
印　　次：	2022 年 6 月　第 1 次印刷
书　　号：	ISBN 978-7-203-12210-4
定　　价：	68.00 元

如有印装质量问题请与本社联系调换

目录

001 / 上篇

077 / 下篇

164 / 人与土地（第一章）

187 / 后记

189 / 重读《边陲线上》有感

| 上 篇 |

一

苍伟的与俄罗斯领土分界的"土字碑"后面，冲来了已经避过了整个残冬的人群，黑黝黝的。

还不到午夜，他们将 H 城围在了垓心，天崩地裂似的斗争，在这里展开了。

"向前压……压……"粗粝地喊叫，混合成庞杂的音浪，像霜雪样严肃、冰雪样激烈。

"乓……砰……乓。"爆竹般的快枪，射出捷速的子弹流光，相互地交错。迷漫的灰白色烟雾，障蔽了每人的眼睛。

"压……笨种们！"刘司令竭力地高喊。

他穿着灰旧军服，脖项贴伏着俄罗斯马头，一手捏着快匣子，大拇指在扳推子弹；另一手里的枪头，朝着城楼子射击。

"咭……咭。"城上的机关枪，向下面人丛中扫射。

"靠山！领着弟兄攻北门。'煞脱'（快）。"刘司令微胖的脸，挂满豆子大汗珠，眼睛很匆忙地闪视。

"快呀！'磕头'的哥儿们！往北门压。"靠山喘吁着喊。

于是，军队分出了一股。在靠山的小红马后尾，弯曲着腰飞跑。他们制止不住原始性的发作，简直是一群野人。

夜间，人们的眼，都成了瞎子；有的将脚踏了别人的脚背，有的竟踢了别人的踝骨……他们没感到这些，只有敌人的残酷引起的暴怒，占据着他们的心和一颗构造简单的脑子。

云霾是漆黑的，不露一丝星光。

他们穿过一丛树林,城里的灯光溶化了上空的气氛,露出淡淡的雾光。

"喊!搭软梯子爬城!赶紧。"靠山接着将枪推上了子弹。

"乓……乓……"

士兵们疯狂性地射击,响应着东门的交响。

火药的光线,在头上交错闪舞。烟雾随着凝结起来。而酸辣的火药味,向每人的鼻前接续着冲来。

"压……压。"吵叫又开始沸腾。

"上……"一个矮小的兵爬上了城墙的锯齿形缺口。

"乓……乓……"

"砰……乓……"城里的枪响。几道红光冲射高空。于是城门"轰"地敞开。

"嗷……"

"往前压!"靠山督促着。

军队杂乱地拥挤着。像澎湃的海潮,涌进了城。

街道旁的电灯,放着淡黄的光辉。兵士们的嘴脸,越发显得兴奋了。长短不齐的破袄,裹在肥瘦不同的身上。尘土和汗垢,相同而匀称地涂了满脸。

"欢迎我们中国的救国军。"北门的一个警士喊着。

"守门巡官,那浑鸡子儿,早吃'黑洋枣'了!"别一个又加了句。

"随着……'磕头的'哥儿们,到东门。"靠山要把肺叶炸破似的嚷。前额的青筋,也一棱棱地怒涨起来。

老小的市民们,怀着过度的惊惧,逃窜着。恐慌迟钝了他们的感觉,及至窥见了迎头的军士,畏缩中又跌绊着跤,胆怯地窜匿回去。

"这些大笨种,害屌啥怕。"一个瘦瘪的兵士在嘲笑。

"天生'孙种',怕中国人……"有人不在意地附和着。

"赶紧奔东门呀……完了就收拾高丽铺子、日本洋行。"靠山放大了声浪嚷。

话里蕴有的效力，显然地被证明了。兵士们尽力地向前推进猛扑——顺着冷静的街道。

狗，不停止地跳着，吠叫。叫声里夹着催促。不敢落脚的灰鸽子，在房屋顶空飞翔。翅膀发出"卟卟"的脆响，同时飘落下星碎的羽毛。

"压……压，加劲呀！"靠山斜眯着一只眼，子弹依着他食指的钩动，连串地射出。他那骑着的小红马，打起了震耳的响鼻，脖子伸长地仰起来。

爆炸的火药，连同淆杂的火光，愈来愈激烈了。东门的火焰，满天一片，红而凶。附近的草垛，吐出瀑布样的烈火，陪衬着斗争的勇猛。

"哎……"

"哽……"

生命结束的最后惨叫，起伏不定地传来——是由侧面的射击，变成正面的冲锋。

城楼子上，日本机关枪支队的射击手，软瘫地滚下一个，接着，又是一个。城根下的日本派遣队，立刻起了混乱的骚扰。

"压……兵……"吵叫扩大了范围，枪声也随着加急，只是机关枪，停止了急雨般音响。

孙大个子趁势爬到了城墙缺口，手里还抄着已热了筒子的枪杆。

"你妈的！"他举起了枪把，向下面戴有铜盔的日军，扑跳地击打下去。日军们紧接着乱作一团。

城门受斧头的劈砍，破裂了。兵们蜂拥而进。

"退却！——"

这命令，唤散了守城的一群。全都狡鼠样溜走，别一群有如冲倒坝堤的潮水，激烈，雄壮，淹没上去。刘司令的俄罗斯马，也出现在那中间。

"靠山！攉这些小舅子揍的。"他摆了一下头，接着说，"记住：别乱抢中国买卖家，咱们可要名誉啊。"

暂时的沉静，缓和了沸腾的喧叫。

靠山得意的一瞥，眼锋里贮藏着凶狠。他爽朗地击了一下马脊。

"没'挂彩'（受伤）的'磕头'的们！这才要咱们'劲头'使唤啦！"音浪飘散在他的影后。

微笑现在刘司令的嘴角。于是他想：

——"胡子"出身，到底是"棒"。

"收拾高丽和日本子买卖！"孙大个子打断了刘司令的沉思。

"别忙，"他又掉回了头，"炮手团弟兄们，跟我到日本领事馆去。"

他用马刺蹬了下马肋，炮手团立刻随着跑去。纷乱中奔驰，恰如雨前的蚂蚁。其中的孙大个子偷偷地溜进了一家高丽铺。

这里，留下巡逻队的一部。

他们在搜寻死尸堆里的枪械。形色匆忙。每人有所戒备的眼光，巡回着周遭。

一个黑瘦的老头，紧了紧"腰围子"，依然弯曲了腰翻动着尸体。他仔细精明，结在尸体脊背上的子弹箱，他都耐性地解下。另一些人，是用刺刀在割。

"喊！接着呀！"城楼上出现了一个小伙子。他向一个丢了军帽的愣家伙，递下了机关枪。

"慢点！"站在墙缺口的兵，伸长了双手。

"快些吧！大爷捣弄完了，咱们也得……"

"嗳！蔡局长那小子，有个漂亮'大姐'呢！"丢了军帽的家伙，为证明他不说谎，又加了句："真的！从前我到他们公馆送猪肉去见过。"

"干吧！屑！尽扯淡。"小伙子这样催促着。

"你是没……"调子里有些受到侮谩的强辩,然而声音是低弱了。

他们不很吃力,就将轻机关枪架下来,抬往城外的乱葬岗子。周围暂时寂静了。

乱葬岗子后,是一座矮树林子。这里看不到一丝光线,黑暗吞噬了一切。伤兵们的呻吟低幽而细小,正如担架床的微响。

"得!"丢了军帽的问。

"胜!"黑影里的那个回答。

于是他卸下了机关枪架,摸出那人的肩膀,缓慢地放上。他的同伴,又送过了枪身。

枪的射击声交响,在远处开始了。

"又'开壳'了!"他转过身来,扯了小伙子一下。

"收拾老高丽……"嘴巴送到了小伙子的耳根。

"没枪?"虽然他这样说,但是两脚却已飞跑了。

"傻货!有枪谁干运输队……"愣家伙气喘喘地说,"老高丽一'唬'准行。"

他俩的心,浸在兴奋里,跑进了东门。

迎面卷来一群人。靠山在人丛中,似乎是翻溅起来的高浪。他胸前清楚地晃动着小红马的耸立的双耳。他用袄袖拂了下脸。

"运输队,搬那些东西。"

"什么?"愣家伙真的愣了。一草包麻袋,又一草包麻袋……摔落到跟前。

"胶皮底水袜子、毛巾、卫生裤、白面、煤油……都有了。"是郎炮手的面影。

"关二虎,你给背背这个。"他递给他那枪支。

"关二虎,搬呀!"小伙子从身后扯了扯他。

"想办点妙事儿。他妈的,倒霉。"关二虎咕哝地带枪架起了麻袋。

枪声消沉下去。疲乏的机关枪,还在响动。从西街传来马蹄和人群的吵叫声。警笛也尖啸了。高昂怒吠的夜狗，反响着。一个极度不安的恐怖，重新压进人们的心坎。

"退呀！"刘司令嚷。

"从那门退？"靠山掉过马头，马缰在手间勒紧。

"出东门。"

"也没找'字匠'（匪称先生）推推'八门'。"靠山蹙紧了浓黑而凶恶的眉毛，眼睛立刻成了三角形。

"天快亮了！咱们不管那套，什么'生'门、'死'门……朝鲜咸北境的援兵快到了。"

退出了东门，刘司令才注意到枪：每人肩上多了一杆。运输队是赤手空拳的，但肩头上却负着沉重的麻袋。而孙大个子，背着整箱的啤酒。

远处山峰的起伏线，呈出微淡的晨曦，气氛是寒冷的。野外的空旷处，已能见到麻雀的飞射，并且低低地啾叫。

"沙沙"的脚步声，混杂在人们倾谈里，每人感到胜利的愉快，就是呼吸，也觉出气流的舒适、凉爽。

炮手团后面，是郎炮手。他低垂着头，眼睛像在瞅关二虎的鞋子。其实他在回味着呢！他得意的是"准头"。那个监视"满"警的日军，是他第一枪击倒的。

——"准。"他白白捡得了那日军的手枪。

现在，他瞅了瞅腰前揣着的手枪。这枪又重新给了他愉快。

"二虎头？你看看这玩意。"他拔出手枪，握在手里，摆了一摆。

"短枪！你怎么不往'上'缴？"关二虎扭了扭头，随便地问了句。

关二虎知道，弟兄们有不少短枪，都是私下"腰柜"的东西，但是他却没有！即使是大枪，也没捞到手。他痛恨，在攻城命令下，作了暂时的运输兵。

麻袋包又压上关二虎的肩。他归还了郎炮手刚才交给他的那枝快枪。

——我才歇多么一小会儿，滑头。这话终于没有说出来。

前面的队伍中，传来了"提枪"的号令。

"'提枪'了！"关二虎扭转头。把号令传给郎炮手。

"'提枪'了。"他依例传给后面的人。

于是队伍分开了。郎炮手捷练地跳向队外。

"过来吧！我这棵大枪借给你。"

"真的？"关二虎问。

瞧样子，他知道郎炮手是诚意的，他就将麻袋包送到别人的肩头，快活地跳过去。

"我真不愿意抗麻袋。"他不安地接了枪。笨拙地拉开"大栓"，子弹槽里，伏有一排子弹。紧张触到了心尖。他感到无所谓的恐怖。他的脚尖跷起，向最前的刘司令望了望。

刘司令用望远镜在窥探。

"靠山，你护送'挂彩'弟兄和东西，走柳树屯子。我和关团长的炮手团，截堵追击咱们的日本子。"他边说边在左近张望。

"你们走哪股道？"靠山勒住了马。

"'煞脱'呵！我们奔伊里哈塔，咱们分两路走。"

军用汽车带来的风声，逐渐逼近。各人都静默下来，在侦听漂来的音韵。

"岔开！道上小心高丽穷党！"最后刘司令对靠山挥了挥手。

炮手们推了"顶门子"，弯着腰潜退。在岔道的小径上，开始了"小跑"。

汽车声寂然了，代替庞杂音响的是脚步和刺刀类的金属音。

"随退随打！'旁打侧击，避正面'。"关二虎撞了一下郎炮手。

"随退随打！'旁打侧击，避正面'。"郎炮手照样向另一人撞了下。

"砰……乓……"队伍侧面，射来了子弹。

"乓……乓……"

"哽！"郎炮手痉挛地栽倒下去，直到沟涧间，停止了滚动。

"这家伙……"关二虎也就势爬到沟底。

乳白色的烟雾，笼罩了地皮。刘司令的俄罗斯马隐没到树丛中。

在晕迷里的郎炮手，翻了翻身躯。剧烈的痛楚，刺醒了麻木的知觉。他挣扎地咬紧牙骨，吱吱的脆响，像在嚼咬铁沙。嘴是难堪地裂涨，而眼睛却紧紧地闭着。

神情模糊中，他听不到了枪声。另一种响音，触开了他的眼。从烟雾的保护网中，他窥出一群日本救援队。

他们在坟墓间爬行。距离是不很远的。特别是骑了枣红马的军官，惹起他的激怒。他挺起了身子，向周围巡视，同时咬紧了腮骨，制止了胸部的痛疼。

失望的眼神，又充满喜气。他的嘴角，闪了闪冷笑的阴影。他伸出右手，企图抓起摔掉的手枪。但膀臂的酸疼，使他的手颤栗起来。终于他又缩回了。他垂下睫毛，眼所触到的左肩窝，涂染了血沫。

他断然地挪动身躯，肩头下侧颤抖地抓起枪托。

——亡我们国，杀我们人，这些吃人不眨眼的东西。

眼光暴露出仇恨的果敢。喘息是粗重而缓慢。他尽力地坐起来。将一只腿盘跷到右膝盖。这样减轻了手的摇动。担在腿骨的手枪，动了动。他眯了一只眼。一切举动都像他从前打猎时那样，熟练、稳重。

"乓！"在食指勾动的当儿他软瘫地躺下了。迟钝的灰膜，凝结了他的双眼。

"哦……"日本军官也耷下了头。脸腮俯贴着马鬃。枣红色的鬃毛，渲染着枣红色的血液，望远镜也无力地坠下。

马停止了步伐。从它肩上，流下淡黄脑浆！它毫无所感的，远在刨蹴。

"卧倒!"柴田曹长惊骇地伏下身子。

"嗒……滴……滴……嗒。"退却号声,拉回追剿的兵士。

"乒!乒!"披红肩章的军官,最先向沟涧击了两枪。

柴田曹长的接近地皮的眼瞳,似乎在搜寻远处的毒蛇。

"毛吉队长!"听到枪声,他爬了起来。

"砍下来!把那马贼的头。"毛吉队长跳下马,指挥地说,"架下我们的中尉来……"

陆战队的一等兵,连同派遣队的兵士,从枣红马上,谨慎地卸下了中尉的尸体。

退却号停止的时候,跑回的追剿兵士排起长队。各人的脸都表示出严肃。

"报告队长!俘虏了一个马贼。"嵌有红肩章的兵说。

后面的两个日兵,挟着关二虎走来。

二

日头从云隙间射出几道金光。聚焦在树丛中的老鸹,忙乱地吵闹着。四散乱飞的麻雀,时时在空中闪现。是初夏的早晨,气候却像寒带一般的阴凉。

H城街道是肃静的、冷清的。除了岗警,见不到有行人。东门附近,已不见尸体,只留着业已凝结的血泊,子母壳、刺刀把、破军帽……这一类零散的物件。

火药的残余气味和血腥,已经消淡下去。瓦屋的尖顶上,有飞鸽成群在飞动。

土黄色军用车,驶出了北门,坐在车子四周的日军,拿着上着刺刀的枪支,向外伸着。样子蛮厉而庄重。孤坐在当中的关二虎,脸变臃肿了,一块青的,一块紫的……和美术家的调色板,没有什么差别。

他还在发"二虎脾气",不住地咒骂:

"杂种操的！你老爷是杀猪手不错……专宰你们这些日本猪。……"

"叭！"

在他右颊，又加上块红印。

靠街的铺子里，有人在向街头探头探脑地偷看。稀有的激烈同雄壮气氛立即贯穿了街心。

关二虎一面暴怒地喊，一面寻求他所熟识的人。别人全都知道他：一个屠猪场的家伙，在城里整整失踪了一年。

"喤！够朋友的，给弄口棺材呀！"在咒骂声里，他加上这一句。贪婪的黑眼珠，向那后面躲闪着的刘强，盯了一眼。

心儿突然一跳，刘强没敢再瞅那疾驶而过的汽车。他不但知道，而且熟悉——那是一年前的关二虎。

——是他？他这样惊疑着。

从关二虎平淡的脸，宽重的鼻子和配有浓眉的大眼上，刘强都仿佛看出了他的苦痛。刘强觉到有一小块冰，从喉头滑下去——一阵寒栗！在寒栗中他感到悲哀了。

刘强低垂着头，恍惚迷离地到了家。

"我看见关二虎了！"音调是悲楚的，"今天出'大差'。"

"拿来烟泡没有？"刘房东不关心似的斜眨了他一下。

刘强送上烟泡，哑静地闭住嘴，他十分清楚父亲是浸沉在自己一切打算里的人，对于这不会有兴趣的。

"昨天活捉的关二虎吗？"酱紫麻子脸的汉子，侧卧在刘房东对面。

"不是他是谁，一个二虎头，"刘房东烧着烟泡说，"去年时节，想把你侄子'诓'去，当救国军……早知道他不愿意活了！"

刘房东仰起头，啊呸地吐了口痰，意思是，不愿再说下去。两只枯瘪的手，熟练地捻动着烟枪上的烟泡。

烟灯的灰黄的光,映照在他鼻梁上,画出个瘦瘪的猴子脸:颜色姜黄,没一丝红润,皱纹细密地划在额前,尖削的嘴巴有稀疏的两撇胡子。

"大哥!"麻子脸透着烟枪说,"你知道,刘子章这家伙,'不善'哪。'拉出去'一年多,就来攻城。"

他抓了抓头皮,递过了烟枪。

"天意。什么都是天意……有前清定规有后清。"刘房东斜瞅了儿子一眼。

"刘强!给我倒碗水。"是酱紫麻子脸说。

刘强仿佛停止了思索,木鸡一样呆立在炕下。这时,他也不搭腔,哑默地送上茶去,然后坐到木椅上。他感到像是生了霍乱病,心在执拗地翻滚。虽然他外形镇静。

桌上有个布包。他知道,那里面有地照、佃农租据。……地下则散乱些碎纸。他更为紊乱所迷惑了。

——杀猪老关知道救国。我呢?……我不能这么地躲避在家庭的翅膀下过活呀!我……这是逃避。

他又想起了县中的同学。县中是在一年前解散了,现在做了特务机关办公处。

他的臂在胸前交织着,头贴附着墙壁,眼瞳凝止了转动。安然呆坐,相同一座泥塑的神像。

——同学……都跑到救国军里去,只有我——我一个。

"蠢货!卑鄙的东西。"末后,他这样骂着自己。

淡白烟雾,从炕上飘来。一种带有诱惑性的香味,直窜入他的鼻孔。让牙齿咬着厚唇,他还在凝想。

炕上传来了话声:

"年头荒乱那也没什么……日本子这回可完了!"是麻子脸在发挥理论,"不用看'推背图',按着'天干''地支'说,甲午年日本子和咱们开仗,那是日旺午时,人家哪能不胜呢!"

"今年你说该到哪步田地?"刘房东吐了口烟。

"今年正翻个'个儿'。今年岁在癸酉,正正日落酉时呀!"接着,声浪抬高了点,"日本准败。"

"管他娘日落日旺呢!反正老婆孩子送回海南家去了。咱们还怕什么。"刘房东闭住了眼,仿佛在养神。

"那可不。咱们在海参崴,不是混了半辈子吗!那时候穷党和富党,闹得也够凶了吧!"又换了麻子脸的重浊音。

刘强越加厌烦了,神经仿佛在抽搐,——焦躁。心尖似乎沉着颗铅弹,莫名的痛苦,侵袭着他。

纸糊的格子窗,逐渐模糊下去,由惨淡而乌黑。他还交臂在沉思。

"连点灯也忘掉了吗?"刘房东翻了翻眼皮。

刘强方始知道黄昏突然到了,燃起煤油灯来。

"我到关小个子屋去了。"他说了句,就走出去。他知道,这时父亲是照例要睡一会儿的。

"老关。"他敲了一下隔壁的窗。

"干啥?——进来吧!"

"出来吧!"

声音还没完,关小个子闪出来。

"关二虎给毙掉了。"声音低微到听不见。

"那么,尸首呢?"刘强问。

"在'杀人场'岔道哪,头挂在树上。"

两个人暂时沉默了。刘强的脑间,又映出白天所见的一切景象——汽车、日本兵、枪、发狂大叫的关二虎。……

"我们应该埋掉他。——是个可敬的人。"他仿佛是自语着,他记起关二虎的目光和托付。

"可是没有身子了。"关小个子眨了眨眼。

"哪去了？"这一个吃惊地问。

"谁知道，除非是鬼。"

"头也得埋。——就只一个头吧！"他决定地说，"我们为了证明城里也有不愿做亡国奴的人，应该这么做——这么做。"

"……"关小个子迟疑地瞧着他。

"走！"是命令式的调子，"拿铁锹去！"

空气仿佛也加强了密度。

"好！……"关小个子掉转了身躯。

刘强心里燃起兴奋的火焰。一种特殊的不安，传遍每一枝神经。胸部起伏着，喘吁。

"走！"关小个子在夜色里握住他的手。

并着肩头，走出大门。

黑夜的后街，冷静而宽敞。为了躲避讨厌的盘诘，他们从曲折胡同中绕着弯子。胡同狭窄，黑暗。胶底帆布鞋，轻快地拖动，如同墙角的小鼠吱吱作响。

郊野伸展开来了。远处的山岭，像是屏风，能够渺茫地辨出。周围极其沉寂。沿生在小道两旁，是些矮曲的林丛。

刘强制止紧张的情绪，闭合着嘴，用镇静压伏恐惧。

"就是这棵，你看。"关小个子向一棵树干敲了一下。

树桠上吊着的小木笼，倏地震荡起来。

夜空中散布着的小星，仿佛向幽暗的深处隐去，光力极其微弱。刘强看不清晰那里的物件。他有些胆怯，没有作声，同时他又感到一阵辛酸。

"我上树，你掘坑吧！"关小个子卖弄着胆大，猴子一样地爬上树腰去。

刘强甩动开铁锹，在松土上挖掘，是急爽而捷速的动作。

"接着！"轻微的一声喊后，抛落下木笼来。

"关二虎……他叫我当救国军去那晚上，还跟我谈了多半夜呢。"他走近木笼去。友谊的感情，驱逐了他心中的畏缩。

"咱们中学那帮，都和他挺好。因为他在救国军里，非常老实……"关小个子的脚跟沾住了地皮。

"嗳！"刘强惊愕地说，"头怎么没有了呢？"

他掷下铁锹，胆壮地，从木笼的缝隙，伸入手指去。他触到——似乎是一个信封样的东西。用绳子缚在木柱上，而木笼失去了底。

"唰唰！"远处传来了脚步响。

"快……走。"关小个子捎着铁锹，慌促地扯了扯刘强。

刘强又惊惧又愤恨，一直跑到了家。

"真险！"关小个子吐了口气。

"……没拿回那信……真是……"

"太险了！要不，我真也想跑到救国军里去混他一辈子。"

"哽！这，你也未免太……"刘强没说下去。和他挥了挥手，走进屋子里去。

刘房东还在睡着。酱紫脸的麻子，惺忪地伸了伸腰。

"呵！这一觉睡得……"他站了起来。

"收拾收拾那没利索的东西吧！不要紧了。今晚可得睡个安稳觉了。"

"回城里吗？大叔。"刘强看着他戴上了瓜皮帽。

"呵！回去。"麻子走着出去。

夜间的凉风，吹散他体中的疲劳。他倒背着两手，摆着魁梧的身材，缓慢地走去。

"KuIa！"（吆喝意）北门的"加岗"日兵，突然将枪头伸到他胸前，刺刀尖在心窝间，闪着逼胁的光。

他惊讶地举直了两手，向着天空。

"你的叫什么名斯？"日兵用不纯熟的中国话问。

"我！……"他的嘴角颤抖了。

"他是王四麻子。"一个"满"警说。表示自己挺认识他。

"什么麻斯！——妈个巧比吧！……你的好人？"

"他是好……"警士又想说下去。

"'KuIa！'你……"日兵逼视了一下"满"警。

"好人，我的。我是凌云阁……经理。"王四麻子有些畏缩。

"'满洲国'的好好的？"一只大手，在他腰部摸索。

"大大的好。"

"去！"

王四麻子头也不敢回地走开，但心里却想：

——日落酉时呀！……日……落……

在一个拐角处，黑暗掩没了他的身体。

三

"年头变了！年头变了！"H城的人们，都在长呼短叹。

"救国军盗了关二虎的人头，还掷下封信。——王大又要来打城了。"各个胡同、夹道、鸦片馆里……都有人在这么私语。

关东派遣队和警务局的布告，显然失掉了效用。他们相反地在"交头接耳……散布谣言"。

"日满协和会"职员，到处张贴着标语。墙壁、城门、粗柱子……都有惹人注目的纸条。但是看的人，却很寥寥。

商铺的财东们，都躲到省城里去。铺子里留下的，是些学徒及"捞金"，看守着货物，中产阶级的人们，纷纷搬往屯下，为的是躲避。春耕正忙的农民，又纷纷地搬往城里，也为的是躲避。

巨大的恐慌和混乱，占据了H城，仿佛在崩毁的前夜。

刘房东在惊惧中，坐了朝鲜佃农的牛车，同刘强逃往窝棚去。

仲夏的晨曦，赶不跑遗留在这荒凉的地带里的微寒。刘房东穿着

"广木纪"布棉袍，套裤也是黑色的，只有帽上的顶结，绯红地发闪。

"小朴盖！（老朴）烟的抽吧！"他盯了下赶车的佃农。

"我的有。"他操着半通的中国话。从布袋里掏出烟末，用小纸片卷了烟，舐上唾沫。

"我的烟顶好。"他吸了口，"有饭吃，我必定向'江西'（图们江）跑了。屯下你们的救国军，多多的……呵！挺多多的啦！"他用有力的声调补助形容词的不足。

刘房东沉默地在吸烟，心里猜想：

——去年冬天就这样吓吓我……哼！地租一粒也没收，这回可不上你们的当了。

"我常常烧饭给他们吃呵！赔账大大的。"他举起了鞭子，抽了下枯瘦的牛背。

他那饥黄的脸，没有些儿表情。白色的薄棉袄，两肩涂满了污油。肥阔的朝鲜式裤裆，还翻挽了裤脚管。破太阳牌水袜子捆有细绳，没有它，那水袜子准会掉。

他向地下甩击着"鞭梢"，唬吓那牛。紧贴牛尾的车，没有车厢。那只用稻草编的幛围，像矮小的篱笆，遮挡着轮子带起的尘土。

空旷的野外，飘着草的香浪，使人畅快而神怡。一些婆蒲丁草种，趁着毛翅，在空间任意流荡。

一杆高的朝阳，遍洒着金色的辉光，野地上蒙蒙地升起了蒸气。平坦的道路，向远处伸展开去。巨蟒似的长垄，铺满苞米、高粱、谷类的柔苗。沿着道旁的稀树，有鸟雀从叶间飞出，敏捷地消失到远方。星散的茅屋，一座座孤立在田野间。反映阳光的用洋铁瓦盖成的屋顶，盘绕着淡白色的炊烟。院落里的干草堆，高高地矗立着。禽鸟飞集在那尖端，搜寻谷粒和甲虫。红冠的公鸡，在抓扒着草梗。

蘑菇形的草屋，是朝鲜人的居宅。沿着它的左近，堆聚了些山楂子类的燃物，间或有干柳条枝和茅蒿子。

道路的正面，迎来了牛车。装载在上面的铁锅、衣箱、陶器等东西，随了车的颠簸，发出干燥的金属音。

"往城里搬？……傻蛋。"刘房东对自己问着。

而对面坐车的人，也疑问地眨了下刘房东，从侧边闪过。

那匹牛悠长地叫了声。

"iIa！"小朴盖申斥地给了它一鞭。

远处，也传来了牛的呼叫。小朴盖瞭望了一下，一些朝鲜小孩子，守着一匹匹牛，它们在挑择新鲜的水草。

"房东！一条牛的又租吧？"他扭偏了头。

"哪有牛再租给你。去年的牛租还没给。"

"没法子。吃粮的没有，哪有……"他作了个苦笑，解释生活的困苦。

"你看看这条牛，喂得多么瘦。"刘房东摸了摸牛脊。

"……"刘强瞥了下朴盖。他没有作声，也更没有听进他们的谈话。

——我不能逃避现实给予的苦痛呀。我要挺起身子，趁着自己年轻。

他只这样地想。冷静的眼里，透露出决断的意志。

天气觉出暖和了。他脱下了棉袍。

头上顶着水罐的朝鲜女人，在小径上闪过。田野间高矗的木板烟筒，冒着烟丝。

阳光证实了五月天，刘强在偷尝着塞外的风味。他又悲楚了、伤痛了——广漠的富源……人民的生命线。失去了、失去了。

大盘岭山脉，拖着巍峨的尾巴，像屏风围住这荒原。石岩背阴的空隙，还藏着些残雪。

"该打尖了。吃完，好有劲儿爬岭。"刘房东下摸出了银丹盒倒了两粒烟丸，送进嘴里。

"这边下车吧！"小朴盖在小店前，停住了车。

"把牛好好地喂喂，越弄越瘦了。"刘房东下了车。同时刘强提下裹有地照的包袱。

小朴盖卸了牛。用牛缰绊起它的前蹄，赶到草场上去。

"哦！刘房东，一年多没下屯收租了。"店主人惊喜地说。他是个诚实的老头子。

"正经一年多了。怎么样？辫子周。"

"别提喽！不能够回海南家了。这荒乱年月，'关东山'再怎么'创'。"他像有很多的牢骚。

"屯下到底慌乱不？"刘房东进了屋。

"这年头，'十里没准信'，我的老母猪，昨天给义勇军宰了……他奶奶的。"

"哪个'线'（匪群）上的？"他心里哆嗦了一下。

"苇子沟砍大木头的家伙们。"辫子周送过了白水。

刘强从心底浮起愉快之感。他镇静地坐在椅上，诚意地窥听着。也许他过于兴奋，两手止不住地搓动。

——如果真能到义勇军里去呢？……

他漫然地巡视着周遭，心里却感到莫名其妙的高兴。

土炕是很宽大的，可惜席子破烂不堪了。嵌在土灶的九仞锅，落满了污垢。土壁的一角，放着口橱柜，已经给烟气熏得墨黑。它上面的墙，贴着灶王爷画像。同时这橱，兼作了香案。除了屋角的菜蔬再就是些破麻袋了。

坐在炕端的父亲，已停止了攀谈。辫子周正在捏弄面粉。

小朴盖提了木桶，预备饮牛。

午饭吃完的时节，他们又动了身。

"早走不贪黑。"刘房东跟在了车尾。

田里的翠绿谷苗，衬托着沿道的罂粟花，鲜艳而幽静。彩色的舞蝶，在卖弄轻佻的风情。

道路蜿蜒地围着大盘岭，有如几条圈带。牛很吃力地拖了空车爬动着。

车尾的三人，弯曲着腰背在爬岭，仿佛拉纤似的。前额几乎碰到了岩石。每人的面颊，开始流洒下汗水。

刘房东感到自己是衰老了。他在酸疼与疲倦中，迈动着腿。

——真的能碰到义勇军吗？

他找不出答案。他怀着警戒的眼光，巡回着四周。每棵树的摇动，都会给他不安的感觉。他瞅了瞅刘强和小朴盖。

——年轻人就不知道防备。

日头火辣辣的热。深蓝的高空，扯起几片薄云。舒适的微风，吹消了人们的倦怠。

他们平稳地爬过了岭。

"小朴盖，郑盖那里去。"刘房东重新爬上了车。

"窝棚的不去？"小朴盖卷着烟草。

"不去！"

刘强向父亲望了望，又低下了头。他猜测不到父亲不到窝棚去的主意。

他沉默地走着，跟随在牛车后面。

老郑家是他的地邻。两间草房的巨躯，卧伏在沙丘面前。停下车，刘房东熟悉地走进去。

"喂呀！你怎么跑来了？"中年汉子切着牙，惊讶地发笑。

"……又快攻城了。我顺便来收地租。"刘房东说，又接一句，"过来，刘强。…这是你郑大叔。"

"……进里屋坐吧！"

"小朴盖？赶车回去吧。今天晚上，我在这里宿的。"刘房东扭回头命令着。

夜色笼罩了大地，山涧中的丛林，发出凄凉的呼啸。

四

凉夜的到来,诱发了草虫们的唧鸣,草甸、荒野……的空间,激荡着青蛙的鼓噪,音浪单调而嘈杂。间有蝼蛄的颤吟夹杂着,仿佛闷热中流过一丝凉风。

这正是刘强到窝棚来的第三夜。

他无聊地躺在炕上,用幽静的心灵,策划他的行动的步骤。

——走,总得一定走的。我不能让家庭的感情缚住了灵魂的自由。神圣的民族革命是同自己的呼吸一样的迫切和需要……人们全都投入这生命的洪流里,我可不能作一任随水流冲走的小石……不动,不正是反动?……但是到沙坪镇呢,还是到苇子沟?沙坪镇那边有同学,可是太远一点了。

于是他马上联想到漂亮的琬玲、机灵的季伟刚……心幕上一一映出了每个同学的轮廓。

——而他们竟已干了二年了!为这国家、这民族,也为了自己呵,他们正在死里求生呵!他这样嗟叹着。

窝棚里,朴盖媳妇在洗涤碗具。她静默地动作着,瓷器翻溅着水波,发出乓乒的声音,这使他更加烦躁起来。像新进囚牢的罪犯,心在焦急中发烧。

屋里乱杂的农具,全像用坚硬的角度,在挤着他。

火炕的对面,放有牛槽,用两块断木支住。他背后的脚步声,极其低微。他直挺了脖项,不敢斜动。

盘子那么大的粪块,描着一圈圈旋纹,调和着残余的青草,狼藉地集在墙的一角。上面的板棚,搁了些木器。

一切都觉得龃龉难闻。蚊虫起劲地嘤嗡着。有时投落到他的鼻前,他愤恨地舞动着双手。

他怨愤地坐起,盘叠着赤露的两脚,瞟了一下朴盖媳妇。她已停止了洗涤，用黑裙擦了擦湿手，光着脚跑出去。随后她牵进了牛，拴在木槽后面。于是，她像完毕了一天的劳作，捧住头孤坐在灶角。

门外透进了话声，是朴盖爷儿俩回来了。蹒跚的脚步声，混同着朝鲜话。

他俩背负着青草，手还握着镰刀。木把上挂满了夜露。

"小房东还没睡吗？父亲哪里去了？"老朴盖总是笑眯眯的。

"他到郑盖那里去了。"刘强也应酬地勉强地笑着。

老朴盖把青草掷在槽旁，习惯地耸了耸肩，就此抖掉草屑。然后他摘下麻冠，搔了搔发髻，迈上矮炕来。小朴盖在牛槽里放了些青草。

屋里暂归静默。听得出牛的嚼草声，是贪婪的、粗野的声音。它的脊肋，本能地颤动着，驱逐蚊虫。摇曳着尾巴，样子很舒适。

"牛租的没有……吃粮也不够。"老朴盖含了长烟管说，"老房东的'面子'没有？"

"你明白？"小朴盖接下去说，"没法子的。割完大烟换吃粮？你的对老房东说吧！赔账的年头，地租、牛租……呵！"

刘强困窘了。在两只饥鹰似的眼锋底投射下，感到了逼胁，他找不出适当的话。安慰他们。

"……父亲……难说话的。……"抱歉的调子，从他口中吐出。

老朴盖并不失望，他还是笑嘻嘻的，期望满意的下文。

"吓！"突然地一个陌生人闯进来。

像幽静的波面，投下块巨石，刘强的心，骤然地跳跃起来。在巨大的惊骇中，他伸直了两手。

"Aigu！（呵呀）"小朴盖媳妇尖叫着，也举了两手。

当另一个陌生人闯进时，金钩枪头的刺刀，已逼近刘强的胸口。锐眼的冷光，蕴有奇特的寒力。他在战栗中，垂下了眼皮。

"你的……"每一个字音，像是铁豆，可是停止了。他向另一个伙伴，斜眨了一眼。

"Elibu, ilao aobusue！（伙计，别害怕）"持枪的对老朴盖用朝鲜话说着。然后他将枪移向刘强的前胸，接替了持刺刀的家伙。这家伙就很敏捷地将刘强反剪着手，捆绑起来了。

"Elibu……"老朴盖在哀求。

"Bali，gasue！（快些走）"门外又传来急促的朝鲜话。

"Bali……"刘强被匆促地拖下了炕。

"我的……"但他的舌头堵塞了喉咙，并且腮颊上挨了一掌。

"Bali，gasue！"另一个被缚的人，后颈上着了一拳。

刘强更加震惊了，那是自己的父亲。他仿佛在对抗……然而他没敢，他的两手也捆在背后。

"爸……"左颊上又受了一掌。刘强觉得迷晕，头像要爆炸。

"金盖我……"是刘房东的悲凄调子。

"你！你要该死。"被叫金盖的重新击了一拳。

"快走！不是我种地的时候了。现在我要把你历年给我的欺压，再酬谢给你。"

刘房东尽力地拖着腿。他觉得全身的骨骼，已变了弹簧。哆嗦，不住地哆嗦。他身旁的刘强，垂着头。后面有人牵着绳子。

荒原的丛草，滴着露珠。潮湿浸透每人的裤腿，特别的寒栗。他们踏息着草虫的吟咏，踱过一段平野。

刘强辨不出方向。周围几株白桦，从身边闪过。草甸逐渐窄小了。在草丛中迈动着赤脚，那像是受残酷的刑罚。尖的碎石，"苍子"针棘，扎着脚底。然而这疼苦，不久就给惧怕心吞噬了，换替来的是麻木。晕眩渐渐退去，他睨视着四围：阴森而哑静。

一片丛林在哑默中闪过，远处送来了狼嚎。下半夜的阴寒，穿透了他的心胸。

"快些走。"他听见枪柄击了下父亲的脊背。

刘房东打了个寒噤。咬紧腮骨，吞忍拆骨般疼痛。尽可能加快了步伐。厚底棉鞋,灌满了夜露,他感到它的沉重。他仿佛在痛责自己过去的愚悯。他仿佛在痛责自己过去的刻薄。

——金盖是只受伤的猛虎,我这回可没有命了。……

他想起被抢去的地照,心又焦乱了。他不再想下去,这时注意起了路线。

"站住。"绳子有力一勒,手腕像被钝刀穿锯。

他站住时,瞥了下刘强。刘强正斜睨了眼锋,静静地偷看着他,是等待命令的神气。背后的朝鲜人,简单地打了个招呼,之后,他的脊背,加重了分量,捆绑了一些东西。

"Bali,gasou!"三个朝鲜人,从他身侧,迅速闪过去。他们不回头看,甩动着空手一直向前走。

刘强加快了脚步。草间藏有蒺藜丛,他没留意,踏中了。棘刺穿入了脚掌,他抽了口冷气,跷起伤脚颠簸着。

背后换了个牵绳人。那人不时地咳嗽,且粗重地喘吁,像是个年老的家伙。

他不说话,也不催促,沙沙地随着走。

刘强狡猾地微侧了下巴,视线触到枪把。他知道自己原来负着支枪,心头不禁加速地怦悖起来。

月光被云翳遮掩了。周遭黑黝黝的。杂乱的草木践踏到脚下,又韧拔地跃起来。露水浸湿了腰围,有时溅飞到鼻尖。特别是刘房东的袍子,增加了多量的水。

这时他痴呆了。眼瞪着前方:三个朝鲜人,爬上岭去。

那岭岗有如鲸脊部:既光秃,又长狭。爬到岭巅的三人,向岭下俯视了一会,隐没了。

刘房东向左近扫了一眼说着:

"我的……脱鞋。"他又大胆地扭回了头。

"Me la ga sue,dai gue mali。(不知道,大国话)"背后的老头儿说。

刘房东的心,在爬岭的刹那间,加倍紧张了。

"刘强……到岭顶时候……'下手'。"他发出悲哀的调子,仿佛牧师在祈祷。

他的脸垂向岭坡,紧接地又补了句:

"你……别说话。"

刘强浑身的血液,骤然地翻滚起来,肺部扩张着,喘吁逐渐急促。他只好硬装作坦然。背负着的枪械,是他最大的重累,同时脚掌像剥裂了外皮。他一面爬一面在想:

——枪怎么卸下呢?并且还捆了两手。……设若这几支枪能弄到手……决定这回就跑掉,跑到苇子沟或者……

"哽!哽!……"朝鲜老头儿喘吁着在爬岭,他毫不理睬刘房东的唠叨。他自作聪明地狞笑道:

——那又是中国人在祷告,祷告天老爷。

"到岭顶……向下滚啊!……逃命要紧。"刘房东随了朝鲜人的喘吁说。

附近愈渐黑暗了,分辨不出茅连蒿子和婆罗棵子的树丛。天幕上的碎星,苍茫地匿在游云之后。微风掀动,枝叶刷刷作响。

刘房东爬到了岭巅。他在落脚的霎眼间,看到岭背下有红火闪动。

"快!"刘房东突然地一跃,出手意外地猛。他的腿哆嗦起来,于是他急速地倒下,向来路滚下去。

刘强也猛捷地倒下,顺便撞了下朝鲜老头儿。

"Aigu!"朝鲜家伙也摔倒了。

三人竞赛似的滚动,形同抛出了的球。他们滚,滚,迅速地滚。

刘强几次想停止下来,将朝鲜老头儿踢开,但滚动得太急速了,不许他有一丝的空隙。

终于借了棵粗蒿子的阻力,他停下来,并且他如愿了,他踹了下那老头儿。这时麻绳早已脱出他的手。

老头儿受惠了这一踢,滚动得更加快速。他开始了抓摸,企图能捞到草梗,或别的粗壮植物。他的腮颊,已被碎石擦破了。他尽可能地撑支着草丛,猛醒似的疾呼起来。

"Mu s ge?(怎么了)"岭后反响起高叫。

刘强跪伏着站起。负驼的枪械,倾斜地拖长。他企望摆脱掉他们,然而不可能。

他笨拙地飞跑起来,忘记了赤露的脚,忘记了父亲……他只有一条路,就是他所期望的苇子沟。

"Mu s ge?"金盖沿着草丛跑下来。

相互地高呼着,引起了山峰的回响。这声浪冲破了深夜的寂闷。

净洁的月亮从云隙里闪出了银辉。无边际的山岭,绵延着,向远处去。阴凉的草丛,形成了广漠的海。冷风吹拂起波纹,清晰而明朗。这四个伙伴,终于没寻到他们的俘虏。懊丧的神情罩满了每人的脸。在岭脚下,他们蹲伏下来了。

金盖对另一个摇了摇手,他想在幽静中,能够听到一些声息。

刘房东从草空间缩回了头。他发现了金盖的粗糙皮靴。他极力压低鼻间的呼吸。草叶的毛刺,抚弄着他的腮颊,觉得奇痒和潮湿。他不敢动,即使甲虫飞扑到脖颈里,他也僵尸般地忍受着。

东山的彩云,由青白而淡黄,那时候,月亮和疏星的残光,渐渐溶化得失了痕迹。

"Aobu sue……(没有)"金盖向远方望了望。然后,这四个人就走开去了。

"呃!老天爷!"刘房东吐了口闷气。

他从草丛里探出了头,目送着四个人过了岭。

五

"好吧!你能够认清楚道路,我们下午就出发。广平少尉已经允许了。"李特务翻译给刘房东听。

"谢谢!"刘房东拘束地咧着嘴,"他们真是高丽红党。我愿意领路的。"

"我们来到沙坨子镇就为的剿匪。你放心吧,你的儿子不能有'差头'。"李特务虚伪地微笑着。

院里响起午饭号。

日军拥到了食堂。讨伐时特加的熟牛肉片、鸡蛋汤……已摆满了几条条桌。每人喝了瓶啤酒,相互谈着出发的趣事。

朝鲜马夫在马厩里料理着马匹。草上拌着些高粱,撒了些碎豆饼。六七匹东洋马,晃动起长耳朵,用乖觉的嘴唇,搜寻着拌料。名字古怪的"赤雄",浑身都是细致的黑毛。它时常蹶踢着嘶叫,响声几乎震动了全营。

这兵营从前驻过满洲国的国境监视队。不久他们被"拉"了出去。现在二十几间的长屋,依旧那样静排着,主人却换了披红肩章的寇军。广平少尉办公室,在靠近马棚的朝阳地方。

院落的四周,围有高木桩。上面绊满着铁棘网。院北角堆着塞满沙砾的麻包,形如马蹄铁,倚在粗木构成的门框旁。御防垒太过简单了,作守望的只能躲在一处。在这弧圆线内的日兵,无聊地转动着。有时对着峰峦与天空凝思,有时低了头,无意义地徘徊着。

头上的流云,越来越厚了。颜色从浓灰变成淡黑。气流加重了闷压,酷热带来了干燥。

派遣支队的日军,已展旗出发。岗兵严肃地擎着枪,行礼。直至闪过了广平少尉的"赤雄"。

他是个少壮的军人,虽然黑黝黝的髭胡圈满了脸子,然而他只有三十岁。不知是血统,还是生在寒带的关系,他的须毛可极其发达。三指宽的红布条,圈住了军帽周围。下面就是雪茄色的面庞。黑皮靴的统子达到了膝盖,靴跟还镶有银色马刺。在他的眼前,展开了队伍。

队前走着刘房东。他垂着头在想：

——刘强逃不出手吧？也许那些野家伙绑回去……他愈想愈怕，他的烟瘾因担忧而加重。他萎靡地注视每条岔路。他尽量从回忆中辨认，从某个林丛穿过，或从某个沟甸拐转湾子。

后面军队，因为道路狭隘，两人一排地拖长起来。每人所负的皮箱、白铝军壶……刺刀囊，随了步伐，协奏出杂音。粗劣的皮鞋，使每人都感到笨重而吃力地拖动着。

步兵后，走着马队。它们驼有轻机关枪、重机关枪……以及别种零件。每匹马尾，跟有射击手，他们和它们，都保持着潜进的严肃。

在一个岭岗前，刘房东立住脚。他懒怠地向周围望了下。他断定确乎是在这里脱险的。他又巡视着岭脚，心又在忐忑了。

"我就是在这里跑掉的。"他对这岭子指划着，"就从这岭头滚下来的。"

李特务翻译成了日语。于是曹长雄壮地喊出停住口令。兵们止了步，马也停了蹄。

广平少尉驱驰着"赤雄"，检看着附近。

"为什么在这里不枪杀你俩呢？"李特务转译着问。

"谁知道。"刘房东申诉下去，"两年前他就是个穷党。"

广平少尉镇静地抄起望远镜。他不再说什么，哑然地瞭望着。

"他们就从这岭爬过去了。"刘房东瞥了下广平。

"到岭顶去。"少尉似乎没看清远的地方。

兵们停止了私语。马匹还在嚼着撕下的草叶。他们开始爬上了岭。皮鞋轻微地彳亍着，混同马蹄踏过碎石的脆响。

广平少尉最先到达顶巅。他的雪茄脸，像盖一阵秋霜般严厉。他又从望远镜里寻窥起来。交错的山峰同直横交错的沟涧，无涯地伸展开来。空间飘荡起草虫们的午鸣。一两只孤鸦，平淡地飞向远方去。

——露西亚境。——少尉跨踏地自语。

二百米突距离处。峰端立有"土字碑"。他旋动着望远镜的机钮,远山移到了近前。

蠕动的人群,由模糊而澄清。一条幽婉的溪流,一半圈住了他们。溪水射出反光,有如镀银的腰围。少尉血管里的血流得快了,但他那雪茄色脸上却没透露些儿红。他咬磨着上唇,静默地扭回了头。

"到露西亚境那川流间,探察探察。"他盯视着李特务说。

"是!"回了个敬礼,李特务的奸狡的眼锋射了一下刘房东。接着,蹲着没进婆罗棵子林去了。

"我们绕着山角去。要散布开来围攻……当心那是露西亚边界。"广平少尉发了命令。

像冷水泼到了每人心窝,寒噤。曹长们掩不住兴奋地喊叫,队伍敏捷地散开了。

"你不要乱动,就坐在这婆罗棵子里吧,看管着马匹。"李特务窜出来说。

从他的服装上估量,他很能够被认为是朝鲜苦力。

"我儿子……你费心吧。"刘房东送了句,蹲伏到地上。

日军搬卸下机关枪。马匹已浴了一身汗水。一个宽鼻的兵士,在树桠间拴住它们。

"好好地看守。"他学着李特务的口气说。

李特务奔向"土字碑"的山峦。他迷茫地走去。他虽没有看到一丝人影,但是他受了命令。他鬼祟的仿佛夜鼠。谨谨慎慎地拨开阻住腿子的长草,心在暗下默祝,——能够让我平安地回来呵!能够……

他骄傲着自己的效力于"天皇"。他切盼在抓些红党以后,能得到多量的奖金。广平的信赖,在他是值得欣喜的。朝鲜籍职员里,他是最卖力而精悍的一人。

踱过一条山光沟,又是一条……他发现了溪流旁的人群。他狂喜而庆幸着:

——是些淘金的家伙！朝鲜的苦力们。

他嘲笑自己的担心。他拧回头瞧了瞧，土岗的军队，在潜爬着。

"朋友，歇息歇息吧！"他在将近时，操着本国话招呼。

"喊！朋……友……从哪来？"有个老人惊愕地问。

别一些人们正在摇晃手中托的"箕斗"。使铁锹的掘沙子人，停止了工作。他们痴哑地向李特务凝视。

"我给你们送信息呢。日军马上就会开到。"他不在意地摇动着双手，表明自己手上没带什么。他偷窥着每人的神情，他断定这些衰弱的老人们是不能抗拒他的。而其他的呢，也是不经一击的妇孺。

他突然拔出枪，忽然收敛了脸上的笑容。

"不许动！"威吓的粗野声。

他稳重地退了两步。枪口对准这人群。

"举起两手来。高一些举……散开站立，爽快些。"他的缓慢的语调更显得阴沉。

老头儿们、孩子们、女人们，像在旋涡中求救，两手向天伸直。他们惊惧地睁大着眼，一切的眼光都瞄准着李特务。

"朋……"

"闭住嘴。"

他熟悉他应当作的步骤。像以前一样，他认真地向左右扫视了下，特别是靠近他的前行。他防御着他们的每一动作，即使是搔痒。……这刹那间，他急速抽出了第二支枪。他以右手的枪头，对向着人群。

"别动！别动……"他的眼珠在眶里灵活地滚来滚去。

他真的十分忙促。

"叭！叭！"左手指扳动，向斜空响了两下。

这是进取的信号，传遍了空谷。广平少尉在蛇爬中跳跃起来。

"进攻！"他下了命令，驱着兵士，紧接着又放低了声音，"机关枪潜伏在林中。"

枪都上了刺刀，冲锋，形同圆带，朝鲜苦力群，立即被围在当中了。

"做什么的？"广平少尉逼进了一步，"红党吗？"

"说不定呢……现在他们却装作淘金。"李特务掖起手枪。

"问问他们，跑到露西亚境淘金……不怕红党吗？"

"我们……是穷苦力……"许多杂音的综合。

"你们……"

"不必多说。"广平少尉斩断了李特务的话，"不是红党，就是他们家属。这从他们恐慌中，证明了。"他捏着望远镜向俄罗斯境内瞭望。

"爽快点查数目。弄到土岗下。"他放开了镜筒。

不知所措的人群，垂下了两手。他们相互递送着惊恐的眼光。在日兵推挤下，排成长行的曲队。直如一条垂死的蛇。

李特务傲慢地点查着，注视着每人的肩头，食指几乎碰触到每人的鼻尖。

"四十三个。"

"弄到岗下去，让他们平安地做鬼吧！"广平少尉挥了下手掌。

他们不懂粗粝的日语。绵羊群似的老实，且是些哑羊。

"乓……乓……"俄罗斯境，突地飞射过子弹来了。

"卧倒！"广平少尉老大吃惊地喊。

"Aigu！"朝鲜人群直向俄境扑逃。

"乓乓……"卧伏在草丛里的日兵，也开始了射击。

"嗒！嗒！……"射击手随了广平少尉指挥刀开始放起机关枪来。

"Ai…gu…"人群里有人栽倒。

咆哮一般的惨叫，飘送到山林深处。子弹在烟雾里飞穿。山谷回响着，像在鼓励、督促。

"哦！……"

靠近李特务的一个步兵，仰翻了身躯。

不久，对方静默下去了。广平少尉摇动指挥刀，兵们缓慢地潜退了。两个兵士，搬回了死尸。

"谁？"

曹长解掉兵尸的衣扣，取下他脖项上的铜牌。上面刻着"平喜多二"字样。曹长给这铜牌放到少尉的手掌上去。

"……为天皇而死，为大日本帝国而死，是光荣的。"广平少尉呆默地瞅着尸体，喃喃地说。

"我的儿子有没有？"刘房东跑下岗来。

"妈你个比吧！"宽鼻子的日兵用枪柄撞了他一下。

"跑了很多。"广平又贪恋地瞭望了下俄境。

撑旗的步兵溜进了尸堆。在一个头颅上，将军旗涂了些血迹。

"归镇。"

曹长召集了队伍。驮着轻机关枪的马背，又加上平喜多二的尸体。

"你卖给我地吧！我能给你很高价钱，等到发下这次讨伐奖金……"李特务又在狡猾地发笑了。

"那么……我的儿子呢？"刘房东颓然地皱了皱眉。

夜覆盖了荒芜的平野。夜风，吹送枯燥的气息。原野的沟谷，恢复了原有的沉静。

远方狗吠，带来了凄凉。狼群饥叫着，配合着那天空失意的雁鸣。

山涧、沟谷、流溪……"土字碑"，为了人间惨剧。在默默地追悼。

六

近几天刘强渐渐地瘦削了。的确他也颓唐了些，只要是靠近他的伙伴，都能从他迟钝的眼锋里看出来。他有时喝着高粱酒。整天的晕眩着。这很容易使别人疑惑他的古怪。就是他自己也知道，这样将要一直堕落下去的。

"哼！什么义勇军。"今天，他照常发着牢骚，手捧住酒碗，"毫无疑义的一群乌合匪徒,一群粗野的饿狼啊……"

他孤零地在怀里巡回,神气现着暴躁。他旋转地走动,从这一角到另一角,好像是掷在污池里的蝼蛄。

"呵!我太糊涂了,简直糊涂得连我自己都不相信。"他摆动着头喃喃地自语,"跑到沙坪镇,那是多么有味呢!那里既有同学,又有师长……唉,自己竟愚蠢得像条笨熊。"他垂下眼皮巡视着地面。地下铺满着芦苇。他慢慢又将视线挪到酒碗,珍珠似的酒沫,在执拗地滚动。他啜了一口,重新又踱起步来。

"这也是命运?——假定真有命运的话,我必……呵!未免太作弄我了。"

最后他自己寻觅到安慰:

"在一个危险当儿,在掉沉到深渊的当儿,是不择渡船的优劣的。我就是这样投到苇子沟的受难者群里来。"

他脚掌上的肿溃,将要消平了。他反觉到头将爆裂成碎块。他按抚住头,躺平了身躯。几页厚板凑合的床,给他翻滚得格格发响。他侧转着身子,凝视着土墙,仿佛求土墙给他一个解答。

多脚潮虫散爬在蛛网的一角,触须上下伸动着。他无聊地看着这渺小的动作,听着这爬虫的微弱脚步声。

"哎!"他感喟地吁了口长气。

他又瞧到斜挂着的"大盖"枪。

"四棵'金钩'换来一棵'大盖'。……"他伸手抓住枪把,给它摘下来。他兜起嘴角,作出微笑。

先拉大拴,次安子弹,三推……再锁机钮。他翻转了身,将枪伸向桌下,斜睨着一只眼。……

"喊!"圈腮胡子老于招呼着。

"怎么的?"

"起来!有事情。麻溜点。"他那扁阔的黑脸,透露着紧张。

"白天有啥事儿？"刘强迟疑地爬了起来。

"噹……噹……"外面传来了锣声。

锣音的震荡，击碎夜班人睡午觉的梦。

"呵……"刘强顿然失散了苦恼。他知道这是集合的号令。

"麻溜，老疙疸（老弟），枪借给我，别人还他妈的要租。"老于的嗓音正像面庞一般粗糙。

"干什么？这枪我也得使唤的。"刘强立起了身子。

"你是一个'雏'，一开火就吓蒙啦。我拿去吧！回来'孝敬'你双水袜子。"他好像已经得了主人的允许，抓了枪就奔出去。

"我……"刘强也窜出来。

院落里的群众，像是出洞的蚂蚁。被包围在当中的是司令。他们仍然像伐木时那样地集合着，每人都采取随便的姿势，没有一定的规律。司令呢，是从前的李把头。

"伙计们！"他的调子很洪亮，"咱们得了个信儿。"

"什么事？……"围绕着他的人们，嘈杂地问。

"沙坨子的日本子军队又到明月洞打高丽红党去了。"李司令颧骨高突的脸表示出庄重，"咱们趁着他们'开壳'，攻打沙坨子去。"

"好……"老于掀起圈腮胡的嘴巴。

"伙计们也该弄双水袜子穿啦！"别一些人也张大了口。

李司令扯了扯蓝褂子。他那服装，还是一年前的那套，只在他肩臂上斜披着条红带，表明他的身份跟别人不同。他仰起头，命令道：

"快收拾收拾各人的家什，咱们就要走！"

然后他揩了下铅色的脸蛋，土黄眼球直瞅到刘强。

"字匠！"

"什么事情？司令。"刘强觉到叫他司令是不很相称的。

"拿出你的步枪。咱们都去。愿意不？"李司令咧开着下唇。

"当然愿意。请把你的腰别子借给我吧！"刘强热烈地鼓着眼睛说。

"使唤不好步枪吗?"李司令递给他腰别子,然后说,"把步枪……"

"步枪借给老于了!"刘强又接了子弹袋。

"你这不是又做了个好买卖吗?"李司令嘲弄地说,甩动着手,又走进了散散落落的人丛里。

"这家伙,也以为我向外租枪呢。"刘强捏了腰别子,在寻觅老于,同时检点着子弹。

别一些人,在忙乱的"探枪""试枪""擦枪"。各人的心都奇突地猛跳着。收拾妥枪支的人,为了壮胆,在喝高粱酒。

日头火爆爆的,沟谷间布满沙漠地带的燥气。高渺的薄云片,像是几缕轻纱,飘扬着舞姿。

他们就在这酷热的正午,出发向沙坨子镇去。每人脸腮,都泛起燥红。汗珠从额角滴下。他们并不觉得疲劳,反而精神百倍。

"安静些吧!我们这是首次攻占城镇,希望留着气力到冲锋时施展,"刘强看了看集合着的每个人的脸说,稍微停了下,又说:"知道吗?道上会有侦探。"

"对喽!安静就是,别唧哇乱叫。懂得吗?"李司令热烈地放大了声浪,"到了沙坨子,咱们可不要像在屯下乱抢啦,要紧的,是弄回几匹马,还有咱们忌讳和姑娘们淘气。……这是打仗呀。"

他一面走,一面在唠叨。颧骨突出的脸,挂流着酱色的汗水。他抹了一下,眼在望着流动的人群。他想:

——将来得让刘字匠教点操,那样行进,才够体面。……他能够,他是学堂生。

人们留心着这艰于步行的路,避过了荆棘条、苍子丛……蒺藜,一类会撕裂裤腿的不西。麻莲堆儿和万年蒿子是比较老成些。它们给行人填住刺脚的碎石。谷旁的树丛,垂下凉荫。阳光穿过枝间,草地上印着淡黄色的碎辉。多高的老桦树的树皮，爆裂开层层的白花，粗大的树根爬出了谷口，直如长蟒静伏在那里。

"快到苇子沟口了吧！"刘强朝老于扭了扭头。

"快到了。"老于正在端详鞋掌的裂口。他时时停脚，挖出些沙砾。

"不行呢！鞋算完蛋了。老疙疸，我得先弄双鞋……高丽铺子没有咱们穿的，我又不愿意麻烦咱们人的买卖。"他盘算着自己的鞋子。

"主要的你得弄杆枪。"刘强擦了下汗。

"对喽！我那他娘的还没杆枪呢！你这杆也不'挺妥'的呀！"

他的蓬松的腮胡，已经湿润得发痒了。汗水竟由鼻尖滴到了他的厚唇，一股咸味道，润进了嘴，叫他吐了口唾沫。"大盖"枪累赘地挂在肩头，他抽不出一丝闲空，一时俯身理鞋，一时又将枪换个肩头。

别的人像是很悠闲。肩头的枪筒，随了每人的步伐而摇动。枪的式样极其奇杂：有双筒猎枪，有沙子枪，有马枪……

"咱们这些人的家使头太不'挺妥'啦……"老于感叹着说。

"你害怕吗？"

"我怕屌毛！"他受到侮辱似的睁大了眼。

刘强优雅地笑了起来：这个笨家伙倒有趣。

"你念过学堂……告诉我，关里干啥不打进来呢？"

"那是……"

"乓！"一声枪响，截断了话尾。

"谁？"李司令擎起了枪。

"是谁……探子？……"人群炸裂了。

"走火啦！"前面传来的回答。

"不是走火，郑老二打黄鼠狼子呢。"又一人反驳。

"在什么劲头上，还打黄鼠狼子！"李司令斥责地说，"赶快走。谁再瞎放枪……就不行。"他知道"不行"是吓不住他们的，然而不敢说"毙掉"。他想：——不行呀！……非得立个规矩不行呢！

黄鼠狼子迅速地在溜动。沟渠里有时也会蹦出山兔来。野鸦们被脚步音惊散。荒原的小生命，是小心而仔细的呢。

　　空中的云雀，无声地在飞翔。塞北特产的"窝灵"，婉转悦耳地低叫着。畅快而灵便的金丝雀，在啄着毛毛虫，回巢去献给爱雏。

　　走过一段玲珑麦田。面前伸长了曲径。

　　西方，那低空，渲染了殷红。灿烂的火云一片片扯起，展了开来，像整幅绝妙的黄昏油画。气候渐渐凉了。微风吹起谷类的狭长的叶子，高粱棵起伏着轻浪。矮得可怜的大豆，低微地晃着叶片。预防禽鸟的草人，平伸着两手。一块红布条，在它颈部飘闪着——它是插在已熟的玲珑麦间。

　　"看清楚呀！真人和假人。别胡乱放枪。"李司令在田垄里开始潜行。

　　"放下枪，回来再取。"他又发出这小声。

　　他那身旁的刘强，心里正潜伏着稀有的不安。心尖有如甲虫触须的抖动。他镇压住虚怯，轻悄悄地放下腰别子。他很容易记忆的：是麻地畦垄中一株草梗下。

　　"让咱们分路进去。别的人留在这吧。"刘强的音调极其低微。

　　"刘字匠说得对。"李司令停止蠕动。他沉吟了一会儿又说，"老于，你听着我们包围的枪响，就抽空到油房去牵马……记住了……多牵几匹。"

　　别人屏息地侧伸着耳朵。他们感到不可轻忽的严重。每人的脑膜，都有寒栗的感觉。距离较远的人们，也掩藏了枪，有的竟按下谷叶做记号。郑老二的长褂是便于藏枪的，于是他甩动起空掌，首先奔进了沙坨子。

　　"别人不许动……你们快去吧！"李司令这么嘱咐。

　　老于拽着刘强的衣袖，从岔道边立起身来。

　　"……来吧！"老于说，像蜗牛的触角一样，他探瞥着左右。

刘强跟着他，奔跑。

不远的沙坨子镇，已陷入夜色苍茫中。一片沙漠矮岗，负驼着繁重的茅屋。镇里的灯火，远远地闪烁着。

拐进镇口的街头，刘强浑身袭上了不安。他担心地看着每一个行人。

商铺闭上了门。街心遍覆着灯光，很够从这一头，望到另一头。每根距离相等的木杆，都放着框住油灯的玻璃匣。光辉暗淡而且浑浊。

经验使老于留意着路线以及掩蔽身躯的墙角。刘强和他并不交谈，神情如不相识。

对面走过郑老二，刘强斜睨了他一下。那家伙也同样扭着头，且丢了个鬼脸。

刘强戒备地侧了个身，从警务所门前闪过去，趁势睃了一眼。几个警士正在谈笑。他蹒跚地随从着老于，从一个狭窄的胡同里走出来。

"街上的买卖，这么早就关门……他妈的。"老于闲散地摸着浓腮胡。

"乓！"奇突的一响。

"乓乓……"接续的交响。

他俩刚巧揹起枪。

"这样快！"刘强跑着，接下子弹，将老于闪落在背后。

镇里的枪音，剧烈地扩大了，夹着人的喧躁。

刘强直驰进街头。烟气弥漫在空间。快意紧张，激起他本能的勇悍。心腔跳动着，他踉跄地蹲跪在垃圾箱后。露出眉眼，开始射击。

他起初觉得有点生涩，不久，被枪声所溶化了，他胆壮起来。

"乓……砰……"他灵活地勾动着枪机。

"Reng——"尖锐的子弹飞扑过耳旁，接着：

"哎！……"仆倒了一个伙伴。

警务所的玻璃窗粉碎了。黑暗中有面影在伸缩。

"刘强！你……"一个熟悉的喊声。

刘强僵伸着食指。

"我是王四麻子的朋……"

"郎世魁！……"他惊喜地喊出来。

"别打了！郎巡官有话说。"郑老二在墙角插嘴。

"认识刘字匠就该降。"李司令趁机说。

空气恢复了原有的沉静，只有烟气翻卷着飘荡。狗子们的吠叫也逐渐哑下去。

"刘强！"郎巡官慌张跑出来。"你？……"

人们围住他俩，在静听。

"哈！想不到……碰到了你。希望你能加入……我们可以作些……"刘强不自然地喘吁着。

"你父亲昨天回 H 城去了。他……"

"父亲！可不要提他了。最好你能想到咱们的祖国。……"刘强斩钉截铁地说。

郎巡官闭紧着嘴唇，眼在恳求似的望着他。

"你是当狗腿？你是干义勇军？"郑老二撞了下他的肩膀。

"对！你当义勇军我就收你，我是司令。我姓李。"

"相好的快说。"郑老二又加了句。

郎巡官可怜地垂下了睫毛。

马蹄声好似倾盆大雨，涌卷过来。老于耀武扬威地领着先。马在惊怪地打着呼唤式的鼻响。

"走吧！你看这情形，就在这里当巡官……敌军开回来，会使你尝尝苦头呢！……找一个机会，我们可以训练训练这些……"刘强抓住了郎巡官的手。

——几个警察……一百粒子弹……能维持治安吗？除非是没有人迹的沙漠。……郎巡官垂丧了头，在问自己，但腿子已跟着这群人走去了。

七

"这……这……你说……这郎世魁……不是害了我吗!"王四麻子的酱紫脸皮,紧缩起肉纹。他已经唠叨了许久。他心里燃起焦急的火焰,被蒸发出的汗珠,在麻孔间滚下。

"这……这不是从天上掉下来的灾吗!"他的粗厚的手掌,相互地搓动着。

"喉!"刘房东哼了声,喊着喷出口烟。

"这……这怎么办?"王四麻子走近了一步。

"说不定没什么事呢!作保还能……再说,他又是给义勇军架去的。——真的是你侄子……"刘房东不再说下去。

"这……"王四麻子仰倒在床上。

"抽一口吧!反正你没有瘾。不要紧……"刘房东另剥了个烟泡说。

"你说我真该倒霉吗?房子让日本子白住,烟馆又不卖钱。西街芙蓉楼又弄来两个女招待。……买卖完蛋了。你看,又摊了这回事。"他牢骚着。

冷漠的气息,布满了全屋。够躺十多人的板床上,铺着块洁白的布,看来多久没人在那上躺了。这更显得屋里空虚。木架靠贴着窗子。烟灯杂乱地放在里面。灯座淋漓着油腻。较洁净的,倒是灯罩。

粉饰不久的墙壁,挂着竹笛形的烟枪。苍黄的枪杆上,覆满了细尘。

"这些高丽穷党,毙了那么些,我也不解恨。……刘强一点头绪也没有!"刘房东倚撑着扁圆的枕头说。

"咱们都是吃黄连,苦味全一样。我这里好久没有烟客了。即使来的,也是些熟人。……人家有大妞陪着。他妈的,郎世魁这小子。……"他又提起了他。

"呔！"刘房东放下了烟枪。

"这小子是叫我蹲大狱。"王四麻子撇了一下嘴角。

他的话，刘房东并没有听到。他在默默地推想儿子的遭遇。

于是屋里又哑默了，只有挂钟移动着秒针发响：的达，的达地。

刘房东吹熄了烟灯，用肘支住下巴；悲哀的浪涛掀动他整个心腔，他像踏入了另一个境界。……

"满洲境里的买卖，哼！"王四麻子说，"简直没法干。……国亡了就没有家。……"

忽然一个警察走进来说："王经理，到警务局吧！"警察的脸相同铁锤一样冷静。

"呀？……"

"去吧！叫看烟灯的伙计，到杉浦采木局想想法子。"刘房东立起来，扯了扯大褂。

"好！走吧。"王四麻子的酱紫脸顿然颓丧起来，默然地走出凌云阁鸦片零卖所。……

刘房东狡狐似的溜回了家。

他感到这酸辛的境遇里，显然不能再逗留了——这些百姓，全是没娘的孩子。……得回海南家去。

脊梁一阵阵的凉寒，骨髓像在鼓胀。他在炕上，侧卧了身，燃起一支烟卷儿。

屋里的潮气，仿佛补助着他的凄苦。

洁白的月光，将玻璃窗格子移描到墙壁的一角。卷起的纱布帏上，映印着黑影，有如一幅清晰的木刻画。东间壁是乌漆漆的。

他翻了个身，回忆重复侵入脑上。他痛悔这次的下屯。他环看着周遭的黑影，都像出现了刘强……他眼眶开始湿润了。他想到刘强的笑……脸，刘强的沉着的愁苦，刘强的习惯动作。

浓重的烟雾之流，从他嘴角喷出。烟雾固执地翻腾着，飘在脑额四围，但立刻又消解飞逝了，他接续地又喷吐出了一口。

焦躁和烦恼，扰乱了他整个的心。他不宁地辗侧着，睡梦的柔衣，不肯覆遮他的心境。眼瞳已枯酸得胀痛了，但他还在翻身。

残烟尾夹在指间，闪着红星。他凝视着，像是在这火星里，他能见到失去的爱子。火红的烟尾，依旧显得极其赋闲的样子，一层层增加着细密的烟灰。

"嗯——"他长长地抽了一口气。

——混乱年月呀！我将赶快卖地。卖给李特务也好。——他思索下去。——老天爷要紧得保佑，保佑刘强平安地回来。自己又没做过孽……关东是不能闯了！回海南家去。

他掷掉了烟头，又拧转个身，腿骨尽力地蜷曲起来。他想暂时宁静下去，他的确疲乏了。

脑骨枕压在装塞着荞麦糠的枕上，他觉出自己的项筋在"蹦蹦"地跳动。他索性坐了起来，披上袍子。

"刘强在海参崴生下来的时候，险些就在'穷党'和'富党'枪弹下丧了命。……这个孩子的命可真不好呵！"他极低声地惋惜地说："我的老命根，全靠老天爷啦！"

"轰……"好似哪里起了火警，被风刮扑着的猛火声从窗外隐隐飘来。

他的凝想低沉下去。他侧了耳在听。

音浪缓慢而稳重，逐渐从微弱中扩大。他用本能的听觉力，辨别出这声音在空中发的，且围近了他的屋顶了。

恐惧使他颤抖。他像甲虫一样，悄悄地爬下了炕。

"飞艇！"院里的人喊。

"在哪呢？"刘房东抬手遮着月亮仰脸看着。

"在这——你看！"关小个子向远处伸出了食指。

街上的电灯突然收敛了光辉。

"这又是防空大演习吧!"老季头翘起了胡子。

"老毛子的飞机。"关小个子猜疑地喊。

飞机在高空回翔了一遭。体型几乎看不到的渺小,灵巧地盘旋着,有如一只小燕子。它慢慢地与云翳混成一片了,响声也减低下来了。

"别动!都回屋去。"街心传来粗野的呼叫。

于是淆杂的脚步声翻腾着,像一群惊兽。

"进屋吧!老毛子飞机能掷炸弹。"关小个子跑进了屋。

"不是防空大……"老季头也走开了。

只有刘房东在院心子里,沉静地呆呆地立住。

"你大叔,进屋里躲一会儿吧!"关小个子的母亲跑出来。她瞧了瞧上空,又跑进屋去。

他还是沉静得一声也不响。

"炸弹可不比别的,能炸死人呢。"老季头从窗口送出话来。

"进屋去吧!刘房东。"

"这老爷子,怎么的啦!"是关小个子的沙哑的声音。

飞机声立刻消失了。

屋里的人们又集满了一院子。街心重新亮起电灯来。人们纷纷地在私语,虽然已是夜深了。

"这飞机比头一个来的大。"老季头低低说。

"也没有掷炸弹?老毛子尽是逗弄什么?"关小个子又回到屋里去。

头上的疏星,很疏远地一个个高悬着。他们散围在明媚的圆月旁边,光线更显得柔弱。清朗的高空,如扯着片浅蓝色的布幔。飘带似的一缕缕云丝,斜盖住天河。

时时扑面而来的凉风,润泽着每人的温体,觉得爽快和舒畅。

刘房东在想——俄国人说不定能打进来。我必须卖掉黑顶子窝棚。不呢?那准给共了产。天老爷保佑我吧,让刘强快些回来。……回海南……一定回海南去。

他还站在院子里,一动也不动。

八

毛吉队长搁下那份俄机侵境的报告书。他不预备到日领事馆去。现在他正在计划某种事。

他既急躁,且又愤懑,在办公室兜着圈子,像被禁锢的贪馋的狼。

他那秃了的头顶,油润而光滑,脑后和耳旁,却梳着整洁的黑发。浓密的小髭胡,凸出在鼻尖下。他穿着白丝袜子,两脚在绣花地毡上移动。

他狂喷着雪茄烟,在一把安乐椅上坐了,手撑着脑额,反复察看H城草图。洁白的花纱的台布,被他掀皱起褶纹。他抓了图站起来。踱到靠窗的长条桌边。这上面散置着新闻纸和电报。他用手指在白磁烟灰盒上弹了弹烟屑,然后在屋子里来回走着。

壁上的圆钟,配着他的轻悄的步履声,在平淡规整地响着。在一个新式书架旁,他暂时停下,又对H城挂图凝目瞅着。雄壮的烟雾从他喉腔飞跃出来。

窗子透进新鲜的阳光,屋里光亮了。他伸手到书架旁边,扭熄了电灯。

H城草图又平铺下来,他两手按住桌角。开初他觉得这支持整个身躯的胳膊,有些酸疼。但接着,他什么也不在乎地微笑了,一个得意的微笑,一个焕发的把什么睡眠不足的征候都赶走了的微笑。

"只有这样才足以威胁露西亚、马贼以及朝鲜红党。哼!"他默默地自语着。

他另燃起一只雪茄,微微仰了仰头。

"对!"他作了个最后的决定。

烟灰弹落到纱的台布上,他安闲地吹了吹,然后折叠起地图,右手按了下呼唤铃。

"去叫警务局长来。"他对应着呼唤铃进来的传令兵说。

"是!"传令兵恭敬地俯了下腰,退出去。

他有些轻松了,坦然地吁了口气,在一个背椅上坐下。随后,他偏身俯下腰,提出麒麟牌酒瓶。他注满一盅,痛快地向自己喉里灌下去。

"呵——"他眨了眨眼皮。

警务局长很快地到来。这是三十多岁,身体很结实的人。

"早安!毛吉大队长。"他用流利的日语说。

"……"毛吉望了一下他。没说什么。

警务局长没有进到那沟坛似的矮铺上。他站在这矮铺前的低洼的平方地上,并且规矩地并着两脚。这旁边就放着双黑筒靴。

"你要知道……"毛吉一手插进裤袋,慢吞吞地说,"H城治安是最重要不过的。前回,被沙坪镇马贼攻进了城,警务局竟失去许多枪支……"

他冷静地盯着他。蔡警务局长呢,越发把垂直的手挺直,一股正经的敬听神色。

"所以……昨夜露国飞机敢唐突地越过境界,来侦视我们……"毛吉自然地颤抖着腿,"我现在觅寻出了一个很好飞机场,可叫'满洲帝国'派飞机来。这飞机场最好是建在黑顶山东南角,那里是接连露西亚边境。你可以查一下地亩册子看……跟地主去讲,可以给他三五十元一亩,收买他们的地皮。"

"是!是!"蔡局长还是站立着。

"马上回去办吧!"毛吉队长一挥手。

"是……恳求队长,以后有事情,可以让我打电话吗?"

"你懒死了吗?"毛吉反问着。

蔡局长有些窘塞了。

"去吧！"

"是！"他鞠着躬，退出来。

他匆匆地走回警局，他照样命令着地亩股长："……去爽快地办！告诉地主说，地是没收了，给国家做飞机场。"

"是！"股长和蔼地答应。

"可以给地主一张褒奖状。"他又补充了一句。

他立刻回到警局后的公馆。

"他娘的大清早起来，为了这么点琐事。队长在局长前摆架子……什么他娘关东派遣队，简直是些活祖宗。"他唠叨不休地咒骂着。

当他迈进了屋门，又听见太太在摆弄着留声机。他泄愤地说："天天这样，不打牌就唱话匣子。不太舒服吗？"

"我的孩子，又怎么的啦！"太太在撒娇地走过来。

她是个标致的女人，一双诱人的慧眼，灵活而且妩媚，水汪汪的，纯洁的黑眼瞳，美柔得似乎能滴下光来。

这时，她移开唱机的针头。蔡局长也仿佛随即消减了烦恼。

"媛秋，我……"他像在抱歉，眼角垂折。

但她并没有恼，她总在笑。这笑啊还留着当年留日时一样的爱娇。不同的，那时她叫李媛秋，现在却叫李园秋子。

"你天天这样愁，怕会颓唐到不堪设想的地步呢。"秋子移坐到软床上，将头埋到他怀里。

她用纤嫩的柔指，抚弄他胸部的铜钮。愉快滋润了他的全身——于是他也抚弄起她的细发。

"小玩意儿，我的乖乖，你还像在东京那样啊……天真还没离开你的眼睛呢！"他仿佛觉得骨骼像溶化成液体般舒适。

她的眼神，正瞅向铺着透明花纱台布的桌子，那上面的水瓶，插着娇红的蝴蝶花。现在她又扭回过头。他接受着她的柔软的吹息，甜蜜的快活，使他陷入爱情的深渊里。

"我什么时候可以回到东京去呢"她的声音，显得极其温存。

"乖乖！我最近就能弄到一笔款。王四麻子能缴些来……再凑上些，我一定能使你离开这儿。"他的手也终于显出男性的粗暴。

她正在打算爬起的时候，忽又被他的粗壮的臂抱住。他压着她的颤动的乳峰，立刻他那厚唇和她那鲜红而薄秀的唇碰到了一起。

她感到他宽平的前胸有使她驯服的力量。她同绵羊似的，接受了他给予的爱抚。

"你又……"她羞涩地立起来说，"真的，我要离开这不安稳的地方。我时常心惊肉跳呢。"

"我当然不让你再在这儿担受惊怕了。"

"那么让我起来吧！我给你倒些茶。"

她先走在梳妆台前，整理一下头发，这古铜色的木质的雕花的梳妆台。面上放着"苦淋"牙膏、"苦淋"口红和其他的化妆品。一座大的沙发，挡住了它。

秋子燃了支烟，微笑着向他喷了口烟气。而他呢，正在瞧着溥仪的军装像。

"报告！"卫警在门外叫。

他向她睨视一下。自己马上扯了下武装带，脸子立刻变成座塑像，严肃而端重。

"进来！"他坐了起来。

"局长，杉浦采木局来了个电话。"

"唔，是谁？不认识呢？"

"杉浦是这里的日本绅士，"卫警解释道。

"啊啊！又是这些'货'！又是……"但他已走到电话间了。

电话铃刺耳地发着脆响。他从铜钩上摘下了听筒。

"谁？"他用日语说。"啊！杉浦先生……凌云阁的王经理吗?……不能办……是!是可以的。哦!他是你的房东。再见。"

"叭!"他暴厉地摔下了听筒。

"去叫王占跟王四麻子到采木局去,完了再带回看守所来。"他回头向卫兵吩咐。

"王占送奖状去了。"卫兵立在他身旁说。

"到哪送去?"

"到捐地造飞机场的地主刘林那儿。"

他一声不响地走进屋子里。

九

日头正偏向西,王占同刘房东还谈着话。

"是的,还是乙等奖状呢。"王占露出黄垢的牙齿来。

"这简直,简直我没有想到过。也许因为我……我领过道……啃……啃。"他的话声被呛咳截断。

他一面启开宽大的封筒,一面还咳嗽着说:"我给日军领路打高丽……啃……"

"请赏给几个酒钱。"王占卑鄙地笑着说。

突然,刘房东全身颤栗起来了。

"这叫什么东西。"他疯狂地撕掉奖状。

"啃……啃,这是哄小孩的吗?……我不要命,我也得……我一辈子的劳苦,换了这点地皮,我不能白白送给人,作飞机场换个奖状啃啃!"他觉着心肝在炸裂。

邻舍们围集在门口,都探头探脑地吃惊地往里望着。

"这叫……这叫不使刀杀人……啃。"刘房东的稀疏的胡须开始哆嗦起来。

"我并不知道究竟是怎么回事儿。"王占迟疑地溜了出去。

"你们这些鬼……"刘房东粗重地喘吁、干咳,唾涎沾腻在下巴。

他的眼膜前，出现着黑的零星的泡沫，一圈圈在扩展和滚动。周围的东西，剧烈地摇动着，似乎大地即将崩毁。他觉到脑髓溶化成牛乳、浓血。他昏眩了。

"哎……"腿骨软瘫下去，于是他痉挛地倒下了。

"刘大哥！"老季头挤进屋来招呼。

"抬到炕上吧。"关小个子闯来，扶助着。

人们拥满了一屋子，屋子骤然显得窄小了。他们哄乱高呼，乱成一团麻。

"是大烟瘾发……作……"一个秃顶说。

"他想儿子想得病了。"另一个在回答。

"去吧！没有什么可看的。"老季头啰唆着。

只有婆娘们在忙乱找水。

"得灌点热姜汤哇——得灌点热姜汤啊！"

"关盛找朱先生去吧！"是关小个子的母亲说的。

关小个子立刻匆促地跑开了。

土炕上仰躺着刘房东。丝丝的低微的气息，从口中游出。他那黑瘦的腮颊，顿然瘦削，颜色显得新鲜的惨白。深深下陷的眼窟，微微地闭住。

关盛同朱先生匆匆奔来时，天空已暴雨倾盆。粗绳似的雨柱，一排排垂挂下来。洋铁盖的房顶，被击敲得卷起了一阵脆音。

朱先生留着一撮牙刷式的小胡子，他穿着褐色的旧西服，脖下的领带，还绣着花纹。

"是心脏麻痹。……是神经受刺激太深了。"他压下眉梢，摇了下头。

"要紧不要紧呢？大夫？"老季头关心地问着。

"打一针看吧！"

邻舍们奔向院心去，抢先地收捡着晒着的衣服，有的则在盖覆盐菜缸……屋里只有关小个子同几个年老人。

朱先生打开了黑皮包，他掏出药棉、输水管……药水瓶。

他用药棉揩拭着刘房东的枯瘦的胳臂，他镇静地瞧着刘房东的脸色，用敏捷的手术，扎入了针管。臂肉一点没有闪动，颜色如同白纸。

慢慢地，刘房东翻起了眼皮，迟钝的眼瞳，溜了一溜，似乎在寻求什么。

"……刘强，你怎么过……这日子呢？没有给你娶媳子……自己好好干吧！"是蚊虫般的细音。

他那面颊，没有一丝表情。他眼角流下晶莹的泪珠，直向太阳穴流去，划出两条线。他突然寒噤了下，眼皮又立刻合并了。

知道这病人终于无用的时候，朱大夫也就离开了屋子。

关盛扭转了脸，他觉得心境一阵寒凉。

"这老头子，这老头子……唉，多么可怜的人！"

"是什么年头呀！前年还是'大粮户'——这时可已经家破人亡了。"

"这年月……这年月啊！……"人们散去了。

雨点急骤地敲击着玻璃窗，窗台浸入了雨水。远方的雨声，猖獗地有如无线电收音机的躁响。

炕上的刘房东的尸体，倔强而呆板地躺着。

"谁看尸呢？"关盛爬下了炕。

"找他山东老乡吧！"

老季头在他脸上，盖了张白纸。

一〇

"你是给郎巡官担的保吗？"

"是。"

"你现在知道郎巡官叛变了吗？"

"不知道——听说是被胡子架走的。"

"……这还得侦察。"蔡局长在抚着嘴巴默默地沉思着。

"他——"突然的他又面向着王四麻子说,"——拐去七支枪……还有三千元公款。"

"局长……"王四麻子的酱紫色的脸上,是露着恳求的畏缩。

"你听着,"是严厉的口吻,"你现在可以缴来五千元的赔偿。然后……"

"局长……我能到黑顶子去找他——找他回来。"

"胡说!——这样吧,你先缴三千元押金作保证,那么你可以自由。"

"局长!"他垂下眼皮,恳切地说,"押金,我实在……我没有钱。"

"你开凌云阁鸦片零卖所,你就拿不出这三千元来吗?"他的颜色反而变得和缓了些。

"我的买卖还赔钱呢!局长!"

审问暂时停止。蔡局长用下齿咬嚼着上唇,眼在默视着桌面。王四麻子直盯住他的嘴角。

"这样吧!"接着,他像有了怜悯的意思,继续说,"你委实拿不出……那么我额外从宽……这样吧!你先缴一千五百元押金来。等待你凑出余下的数目,再缴来。这在你是很能办到的咯。"

"我实在没有余钱。……"他微微张开那个还是固执的哀恳着的厚唇。

"那么你没有不动产吗?"

"有是有一点的,日本的房客欠了三个月租……"王四麻子这回是在诉苦了。

"局长!"后面又袭来了声音。蔡局长扭转头去。

"电话。——日本人的来的电话。"

"你告诉他,现在正在审问案件。"他厌烦地说,头重新扭向王四麻子。

"他在吵闹呢!"接线生又加了一句。

"唔……"他蹒跚地走向电话间。

激愤地突然地抓起听筒:

——你们国人,不懂人情么?我叫朋友王经理来,不服从我的话么?蔑视我么?你要伸长耳朵听,你不配和我捣蛋。……

这样的音波,从听筒内传过来。

蔡局长的手起了颤抖,他很想回骂他一通,但"日绅"这两个字,就如一块石碑压住他的喉头。他用手掌按住发音筒,向接电生来。

"去!叫凌云阁的王经理回去!……"于是他偏过头重说了声,"请先生原谅,他现在已经去了!"

挂上听筒,回到屋里,激怒在他心腔发酵,他按不住火焰似的暴躁。

"还有几个案子?"

"只有一件啦!"脸色柔白的书记应声说。

"拿来!"他回到原座,翻阅着呈文,说:

"这女人坏透了,丈夫当救国军,妻子来报告……除了偷情是不会这样狠的。押回看守所,明天再提她吧。"

从裁判室回到了公馆,他越发感到烦乱,一切都繁乱得叫他透不出一口气。他莫名的急躁,仿佛被埋没在盛大的蒸气流里。他闷窒,跟将被勒死者在最后断气的一刹那一样。

"他这还称他娘的什么局长!一个日商也得来命令我,我是只被别人,被任何日人可以呼唤的狗,我他娘……"他懊丧地来回走着,有时他仰到软床上,有时又斜蹲到沙发上。

"我他娘的……我……我他娘的……"

是被猎人追堵到绝洞里的一匹小兽,他烦恼,他愤怨。

秋子到派遣队毛吉处打牌去了,屋里只有他自己。

案上的座钟，敲散着凝结的寂默。他望向它。他妒忌它的搅扰，想找个有力的东西，击过去，将它碎成尘土样的粉末。但他没那样做，他握紧拳头，敲打起鹅毛枕头来，"他娘的什么局长，我……"

"报告！"卫警在门外说。

"进来！又报告报告，总是报告。"他申斥着。

"金巡官来拜访。"卫警畏缩地奉上名片。

"谁？"他愕然仰起了头。

"是新委任的黑顶子山的巡官。"

"这……"他诧异地张大了嘴巴。

"是宫野指导官委任的。"

"告诉他，我没在家。"他暴躁地跳起来。

"是！"

他的心如同塞满了沙砾。他紧紧捧住太阳穴，仿佛头脑将要崩裂了。

"我算他娘哪路局长！我……巡官他娘的随意委……我他娘的！"额前迸起涨满了血的青筋，颧骨寒栗地颤动，似乎在发疟疾。

"日商的逼胁我，指导官可以蔑视我，毛吉差遣我。我他娘该死……我……"他突地抓起军帽。

"到宫野指导官那边去。"他斜瞥了卫警一下。

卫警伶俐地搭了雨衣，跟随着他走出来。

街道铺填着碎石。"阳沟板"上，有寥寥的几个行人。

他垂丧着头，匆促地从一家家商铺前滑过。商铺并没全都开着门，在关闭着的门板上，贴有"出兑"的字条。

——你指导官……是他娘指导放巡官，即便是，也得指导我……他娘的。

他想这是有力量的话，他必得对他这么说。他拖着跄跄的脚步走动。

迎面出现了一口棺材。

——丧气——他自己恶恨地想。

一张酱紫色的麻子脸,在棺材后面跟着过来。他低着头,仿佛在忧戚着那刘房东的死去。

——"满洲国"……这不让人活下去的国度呵!但我要活下去,我要开辟一条路。我一定要……并且趁着这癸酉年。我要看着这些恶霸们倒下去,和落日一样,我来痛痛快快地拍几下掌。

"四麻子,这从哪里弄的棺材?"有人在询问。

"从山东会馆领的呵。"王四麻子忽然感到羞愧,领口施舍的棺材,多丢脸啊,他要尽可能避免熟人的询问。

——朋友一场,我都拿不出钱买棺材,还称得个人……他望了望关盛同老季头抬着的棺材。

白杨木的板面,描绘着植物所应有的木纹,并且还满身的粗毛屑,显然是没有经匠人的加工刮刨过。它是长方形,狭窄窄的一条,简陋得多可怜。

到了院心。王四麻子从棺材里掏出了寿衣。

"朋友一场,我就给……真是这年月,到哪里借钱去啊,往年我无论怎么……就是棺材,我怎么有脸皮到会馆去领。"他惭愧地说着。他总盼望刘房东的幽魂能原谅他可怜他。

可是那尸体,还那样静静的。脸皮上的皱纹松展了,贴紧住脑骨。气色是惨淡的灰白。在微微开启着的嘴角,遗有浅枯的黄色,配衬着焦黑的齿。深陷的眼骨,仿佛两只小吊桶。

王四麻子唏嘘着,给他这尸体穿上肥阔的人造丝的寿衣。在那剃光的头上,戴上红缨帽,恰如鸡冠花一般。

同时关盛给这尸骸穿上亮青的洋罗纱的长筒靴。

然后,他们稳重地抬起他,塞进薄板钉的棺材里。

"嚓!"老季头掐着洋钉说,"都说闯关东……锤子呢?"

"不要钉棺吧!等他儿子回……唉!"有人这么说。

王四麻子将一条孝带扎在腰里。懒懒地跟在棺后，奔向义塚去。

他腋下挟着烧纸和叠折的元宝囊，一手里捏了"刘林之墓"的牌椿，另一只手提着锡酒壶，壶嘴上套有瓷盅。

抬棺材的老季头不时地呛嗽着，而"看烟灯"的老常却在和刘房东老乡嬉笑着。

道路极其泥泞。车辙的陷沟，储满了污水。踏溅的浆泥，沾湿了各人的裤脚。

——人会死，然而我要活。在这不让人活的地方，我要活下去。……这是我们的中国土地。

王四麻子瞅向着草地凝想起来。

绿草夹生在曲树下，纤细而娇软，它们沿着寂寞的路生长着去。夕阳的温光，普照它们。

树梢间的晚鸦，偶尔从他们头上飞过，悲怆地啼泣着，这使王四麻子更感到凄惨。

他在十字岔口，停立了，燃化几张白纸赈济穷困的鬼们。在经过每个狐仙庙时，他也同样地焚化一些。

野地的坟塚，渐渐现得多了。杂乱的荒草，深深地覆盖着它们。衰朽的残墓，大都被风雨侵蚀得塌陷了。薄皮的红木棺，露在外面，点缀着凄凉的黄昏。

"汪！汪！"义地的院中，狗跳扑着狂叫。

守义地的老人从茅屋里走出来。

"谁家的事情？"他淡漠无奇地说。

"我的朋友刘林。"王四麻子颤音地说。

"有会馆条子吗？"他伸出只枯手。

"有！有！"王四麻子搜索着胸怀。

"埋不埋呢？早一些来多好，这回天都黑了。"

"坯着吧！他还等儿子看看。"

"那么抬往后院吧!"老头儿冷冷地说。

院里的棺木,狼藉地露放着,有的包裹些草席,有的砌围些砖头。每一座棺顶,都压有薄纸。

"呵!山东人在关东可死了多少了呵!"老季头感动地叹息。

他帮同着放下白杨木的棺材。那左侧,有用铁页包裹的棺木。

"这是在沙坪镇被救国军打死的排长。"守义地老人对他们说。

"喂!"王四麻子蹲伏在棺前,焚化着全部的白纸。

他内心忽然感到没着落的空虚。他静默地凝视着正在燃烧的白纸的火光。灰烬耀进着星花,他想在这火星里寻求出人生,但被风吹起了薄灰飘飞过去了。他像惊醒过来,颤动着手,倒满一盅高粱酒,给均匀地奠泼在灰烬上,余焰射出了绿光。

他眼里逐渐地湿润,泪珠缓慢地滴下来。他用两手抚摸着棺角,像在抚弄他最爱的孩子的稀发。他慢慢地仰起了头,泪眼正瞅向棺板。他的头颤摇起来,用极其酸楚的音调,抖索着。

"朋友!我说什么呢……我知道……你受委屈了,你……"

——

电灯射着强烈的光芒。屋里的透明体饰物都反映着耀目的光辉,然而被浓烈烟气蒙蔽了。

灯泡下的桌面,摆满山珍海馐的菜碗。碗的周遭圈围着瓷盘。两支乌木筷,滴着油汤。蔡局长持起筷来,摇曳着,他想说话,但又从舌边滑回喉间了。

"蔡局长对于方才谈到的问题,一定能赞成吧!"宫野指导官喝了口啤酒,说话时手擎着高脚杯。

"那是一定的,即使他不表示什么。"毛吉队长的脸子,已被酒气染成殷红。他那两只脚踝碰在桌边,随了说话而微颤着。

"毛吉队长说话,是多么爽快呀!当然我是高兴这个的,为的是对于 H 城交通的发展，并且在运输兵士上……"蔡局长勉强地应付着，弹了弹烟灰，思索地又说："总之于商业及军事，都有着很大的方便呢！设若轻便铁路得告成功的话。"他用着日语的倒装句。他心里却在想——应该趁这当儿把所想说的话，说出来罢。

于是他又喝了杯酒。他企图壮一下胆。可是采木局的杉浦在说话了：

"那么明天开股东大会，你可以派几个人去……"

"我很愿意帮忙，虽然我们是初次见面。"他装着笑脸说，眼瞧着残烟的火。

浑浊的朝鲜烟草气味，充塞了整个屋子，使人感到呼吸的郁闷。刺鼻的气氛，还调和着麒麟啤酒的强烈味道。

蔡局长踌躇地想——我头一句，必定说指导官是指导委巡官吗？……

"马贼们近来缓和了许多。"毛吉队长惺忪着充满血丝的红眼说："飞机场与我们刚才谈到的轻便铁路要等竣工怕是正在冬天。这于讨伐的时候，是很有帮助的。"

他说话时得意地摇摆着头。光秃的顶额，在灯光下如同满月一样。

蔡局长注视着他踝下的马刺，他考虑自己将说的话——有毛吉在这里，就不好办，这人太坏了。现在他虽然醉，可是……

"喝！"宫野指导官又擎起高脚杯。

玻璃杯透出了酒的红液，好像处女羞涩的两颊一般的红。现在他们相互地碰了下杯，玫瑰色的酒杯，荡漾了一下。毛吉队长昏迷了，他将酒泼到胸间，但他还眯着眼，往喉间灌下去。

"蔡局长！你的太太是要命的美呀！使人仿佛在深秋找到樱花样的珍奇。"他的秃润的头，倚向了椅背。

"哈哈……"杉浦舀着汤在笑。他的腿直伸向桌下，样子很像只懒猫。

"你知道吗？两月前马贼攻城……警士叛变了许多……你将感谢毛吉先生，他给'间岛'关东军总派遣队去的报告，大大地给你掩饰一番呢。"宫野指导官像在嬉弄着他。

"哈哈……蔡局长在满洲人里，是个很老实的很听话的人呢！"杉浦眯着细眼说，同时拍了下蔡局长的肩头，神情像在嘉许幼孩似的。

毛吉队长夹起支雪茄烟对蔡局长眨了眨眼皮。

"我还忘记了，金巡官见到你没有？"他的脸色严正了，同时将脚撤下去。

蔡局长万分困窘了。他愕然瞅着他，支吾地回答："我……不知道呢！"

"金巡官在从前，是领事馆外务巡查。他很忠直。"宫野在解释，"为这巡官的职务，我们曾讨论了些时候，出席的有县公署荻原参事官……后来决定将他拨到黑顶子山去。"

"那当然……很好的了。"蔡局长装出极高兴的样子。

但他心里立刻又懊恼了。他恨自己的懦弱。他的整幅心境，完全被悔丧占据着了，愤怒已经消沉下去。

他失去再说话的勇气。他内心在咒诅——毛吉真他娘的坏种。我知道我丧气，倒他娘的血霉。……我谄媚了一辈子，巡官的位置还白白地送掉。

悔恨滚翻起的浪涛，催击着他。他拼命地喝酒，装出坦然，将怨愤压制到心底。他竭力把欣喜的表情全部搬演到面上。

这困苦的做作，直演到散会。

扰闹的情绪，又开始捣毁着他。卫警清晰的步伐，从他身后发出。他像落在梦境里。他迷眩了。

"是人都侮辱我。我他娘的不算局长！……"他忘记了卫警，他一边走一边唠叨着。

深夜的街道，静悄悄的。只有他一人在自语。黑影是蜷卧着的狗，惊疑地夹了尾巴避开去。

"口令!"很远的哨警喊了声。

"卫!"局长后的卫警答。

"到县公署。"蔡局长拖长了醉音。

"局长!十点半了,县公署早走净了人啦。"卫警说。

"那么我们到县长公馆去。"他僵着舌头说。

卫警不敢不依,他知道局长是越来越暴躁了,已经变成一条可怕的疯狗了。

"卫!"县长公馆的岗警喊。

"境!"卫警在逼近的时候说,"局长来拜访穆县长。"

"请到屋里坐吧!"岗警提枪向前,敬了个礼。

蔡局长向额前举了举手,走进去。

他预先望了望走廊。在木栏杆孔隙间,透射出了微光。被风雨剥蚀得朽烂了的木柱,残缺地倒立着。宽阔的屋宇好似古刹的残墟。

他晃动着身躯,从长廊绕过。用两条铁丝悬挂的电灯,朝向远处伸去。他有些清醒了,轻声地从日本宪兵宿舍前走过去。

窗户木格眼的方空,射出来光线。穆县长在屋里,他放下烟枪说:"进来吧!"

蔡局长毫不拘束地闯了进去,他知道县长是木头刻的一样愚蠢。他默然地坐下。

"你在这时候来……嗽!你喝酒了?"

"嗯!"他傲慢地斜倚着沙发,说。

"有什么事情吗?"县长懒洋洋地坐起来,悠闲地抚弄着胡须。

"没有什么事情,我还是为这一月的警饷。"

"那……荻原参事官已经……"

"可是我还要告诉你,我部下的巡官,被指导官委了个朝鲜人。这是很值得注意的呢!你可以想法吗?……"

骤然地,宪兵队长池月走了进来。

蔡局长慌张地站直身子。

"到这里报告什么事吗?这样的深夜。"池月的九州音的日语显得很粗蛮。

"呵!没有……"

"可以明天来,明天有荻野参事官在这里,不是更好吗!现在夜深了。"

"哈!"蔡局长俯了下腰。

穆县长直垂了两手,呆立在那里,他不懂他俩的谈话,他只表示着敬听。

蔡局长抓起军帽,昏沉地走出去。

"局长还瞧不起我,这老狗……"这样的声音,飘送到他耳里。

在迷眩中,他走回了公馆。

"这老穆头,真是块老木头。"他这样报复了一句。

秋子又到毛吉队长家打牌去了,屋里还是他一个人。卫警送进了泡茶,退身出去。

"又打牌!天天打牌!天天……他娘的。"

他陷入苦痛的深渊。他呆静地瞅向蝴蝶花,花苞像在发笑。他直瞅着它,醉后的红眼几乎将滴下血珠来。

"喉!我完了。卑鄙、无耻……可惜我……"他丧气地垂下头,两手撑住了额角。他无聊地涂画着蓝色果木笔,在一块碎纸上。

回忆带来了愉快,初恋时的秋子,迅速地映现在脑纹。……那时他想做诗人。……这东京的生活呵。

"嗯!"他沉重地叹了声。瞅着花苞的钝浊眼瞳,渐渐朦胧,渐渐混沌了。他垂下眼皮,立刻瞅到手里玩弄的果木笔。他在纸角间随意写了下去:

我是一只可怜的蚊蚋，
找不到什么，
什么可吃的。
……
草叶上的夜露，
也得来喝。
……
呵！是多么凉呀！
这露珠；
我的长腿：
都冰得哆嗦了。

"呃！"他又悠长地叹了声，然后用劲撕碎了纸片，零散地掷弃到桌下。他燃起一支烟，在屋里开始了缓慢的踱步。

于是毛吉队长的油润的头顶，杉浦的老鼠眼，宫野指导官的冷静脸儿，都奔集到了心头，像铁丝网的倒钩，扯裂着他的心。

他倦乏了，眼发干。他掷去了残烟，轻轻用脚尖点弄着，终于烟屑的火星在地上熄灭。

他倒上床去——不久他就起了鼾声。

周遭十分静。门岗时时发出沙沙的脚步声。有时屋角的蟋蟀鼓翼悠鸣。

嘴里的黏液，积满他的舌根。他微睁了眼，懵懂地吐了口沫。他爬下床，捧起了茶壶，牛似在饮。他现在舒适而且清醒了。

"呵？太太还没有回来。打牌，打牌，天天他娘的打牌！我……受罪，受罪，天天他娘的受罪。"他愤懑地瞅住钟。……他重新仰到床上，默诵着：

"唉！Ina wa minayHhodo atama o sagairu（日语意，越成熟的稻子，

边陲线上

越是垂头），我这样了结一生吧！"

一二

轻便铁道的股东招集会，开会了。

作为临时会场的 H 县中学，挤满了肥胖而笨重的商人。王四麻子坐了最前的椅子，两手放在刚刚过膝的书桌上，这越发显出他身体的粗憨和蠢笨。他向身边望了望，杉浦主席还没有到来。有一些被学生捣毁的桌椅，狼藉地堆在一角。

——学生们都当救国军去了。年轻的人真也……他起了惆怅的感触。一手赋闲地轻敲着桌角，不料不很结实的木椅竟斜歪下去。他撤回手，按住椅腿，想立起来，找一个妥当的桌椅，但人们已经拥挤地阻塞住路子，于是他又坐下来，一手按着木椅，另一手握住桌的一角。

温暖的阳光，从别个书桌，移到他眼前。桌面变成了图案的版底，当中的光条分切开暗影。他侧了头，往窗口望去。

零碎的玻璃片，散在窗台上。遮挡阳光的布幔，被风吹掀地卷动着。破裂的黑板，躺在窗下。

杉浦穿了讲究的米黄色西服，走进来。他圆锤形的头，骄矜地向打招呼的人们轻微点动了下。随后他迈步到了讲台。

掌声像蛙噪样鼓动起来。王四麻子在敷衍地拍掌。他这时心中涌上了疑问——中国人处处被日本子占了上风，而且又那样讨好人家么？……我真不懂！

"……哈……哈！"杉浦已讲完了些话，末尾这样放纵地笑起来。

"……哈……哈！"听众也在笑。

笑声立刻停止了。杉浦在继续说："这是再体面的事没有啦！"他的细小的老鼠眼巡视着人丛，右手弯曲地摆动——"你们可以尽量地投资……你们商务也能因此而发达，保护你们的军队，也能很快地运输了来。总而言之，铁路筑成，就是你们生命的保障。"他用力地将手砍劈地一挥，"聪明的你们，当然是无疑义地赞成了？"他瞅向每个商人的脸。

人们默无一声，互相看着窘急的脸，极力避开杉浦的视线。王四麻子垂下眼皮，心里在想——中国话说得倒漂亮。生命财产及一切，怕的不是救国军，而是你们。……你们已经欠了我三个月房租了……这就是证据。

杉浦又严重地说下去；"不赞成的话，就是破坏 H 城行政。换句话呢，就是不拥护'满洲国'，不拥护的背面，当然是反对了！……请你们立刻答复。"

"赞成！……"瓜皮帽的商人们异口同声地说。

商会李会长低下酒刺脸，在沉思，手里的马棒，懒懒地触了下王四麻子的脚。

"没法子！"他低声说了句。

那一个呢！摸了摸麻子脸，依然低下头去。

"那么每个商铺至少算一股，每股金票二百圆。这收款事情，就委托给商会办。"杉浦瞥了下李会长的红脸膛，"并且凌云阁的王经理，必得协助着办理。"

王四麻子露出了微笑，他知道这一来自己可以不用掏钱了。

"协助我是乐意的，反正卖点力气。"他对李会长擎了擎手。

"那么我们散会吧！"杉浦拿起巴拿马草帽，走下了讲台。

"这轻便铁路，从哪儿筑起到哪儿为止呢？"李会长摇着马棒问。

"我不是说过吗？从这里到朝鲜的训戎。这仅仅四十里路……"杉浦走向门口说。

"那么什么时节动工呢？"王四麻子靠近他身边问。

"我们人，办事也快也认真。大概两月内，一定能完成。"

警务局特派的岗警，在立正示敬。杉浦摘了下草帽，闪过去。

商铺的老板，纷纷地走过来，窃窃私议着。

"这是多么为难的事情呀!"一个圆筒形的胖子说。

"我还得拍电到吉林去,财东都搬到那边去了。"别一个说。

"四麻子你呢?想怎么办?"胖子走到他身边问道。

"我?我怎么也不怎么!卖点力气,干几天'官工'罢!"他的酱紫的面皮上作出了一股正经的神气。

"这年头儿,谁还肯向外掏二百元。真给我难题作。"李会长扭歪着红脸膛。

"这可是……反正日本大爷说什么,咱们就得听什么。"胖子正了正瓜皮帽又说。

"这年月,有钱也没法活,没钱更不用说。——好吧!你们不到柜上坐一会?"李会长甩动起马棒来。

"不啦!明天商会见。"王四麻子点了下头。

"会里见,会里见。"

他瞅着李会长背影,想——有钱没法活,没钱也没法活,我可硬要活。……人家学生,年轻的人真……刘强这孩子不知道去了没有。

回到了凌云阁,他满脸已挂着汗珠。

板床上斜着一个烟客,老常在侍候。

"唔!孙稽查,您才来呀!"王四麻子勉强作出了笑脸,心里却在想,"来的是抽'官'烟,给钱的不来!"

"干什么去来?四麻子。"孙稽查喷出口浓烟。

"开会来。要修铁路呢!"

"我知道。你拿多少股呢!"

"哪有钱拿股。咱们这买卖,哪比得上芙蓉楼呀!"斜坐到孙稽查脚踝旁面。

"你还有房子呢?"孙稽查抽着烟,用鼻音说。

"房子?哼!三个月没缴租了。前几天摊上了官司……多亏杉浦把我要了出来,过年时候,还得还些礼物呢!"

屋里恢复了沉寂，只有抽烟的丝丝的声响。

王四麻子想起了杉浦前次的谈话："——日本更困难呀！别说没有钱还房租，连饭也没得吃……国家的捐税太重了。你过一个月再来吧！……"于是他自慰地说："杉浦这人倒不坏，月底总能付个百八十元。他知道我困难。"

"那么你为什么不向刘房东借？"孙稽查说。

"刘房东死了！唉！"他伤感地叹道。

"死啦？我一点儿也不知道。"孙稽查惊奇地说。他手里运用着灵活而熟练的长针，在给朋友拨烟泡。

"我们是老朋友了！……"王四麻子回味起过去的生活，"他是个'大粮户'吧！黑顶子山有很多地皮吧？"

"就是为这地皮死的咯。儿子被人家架去了，地皮给没收了……我也想把房子卖掉呢！如果有人要买，你费心给说说看吧。"一边说，一边凝视着灰淡的烟灯。

"这年头儿卖房子谁要？那除非是大傻瓜。"孙稽查歪起了身躯，却又在王四麻子耳边低声说，"等到关里打进来，还不是咱们的土地吗！"

"哈哈……"王四麻子亲热地拍了拍他的腿，"是呀！我也是等这'日'落酉时呢！"

一三

酷热的火线，撒射着平坦的原野。苞米已吐出了彩须，元豆也结了豆粒。但这之间，Laobedai（是俄语，在延边一带，呼苦力为'老博代'）们在赶着修筑将要完成的铁路。做临时监工的王四麻子，沿着填修的路，漫然地踱着，骨碌着眼睛，在巡逻着忙碌的工人。

他们粗野地谈着话，大都是关于他们怎样从延吉招募来的情形，有时他们竟引起一阵蠢笑。

"多多地干活计呵。"帮同监工的采木局店员洪盖来往地嘟哝着,时不时给谁抽一下藤条。

"洪盖,不要这样'歪歪'地,'大国人小国人Hean gazi'(这是每一小幼孩都会讲的口头语,意思是中国人韩国人一个样)。"王四麻子不时地说。

然而,那家伙像机械似的走过去,头也没扭动一下。

——他妈这小子!

在后面,瞅着他的背影,王四麻子低声咒诅着。

有一副铅色的脸蛋的老张,提了铁锹在他侧面掘土。他那赤露的臂膀,显得极其结实。他那蛮壮背骨,在一起一伏地抖动。汗水会同泥秽,从脊沟上流下。

两个赤裸着胸膛的家伙,抬来只空柳条筐。他铲起土屑往那里面送,直到泥土堆个满筐,这两个家伙,就抬了它,走到洼处去。掘土的老张抽空挺了下腰。他那两眼,在提防着洪盖。

"挺累吧!"王四麻子转过了身子问。

"呵……不累。"老张惭愧地又抄起了铁锹。可是他不在掘土,在那空筐没有到来的时候,他只挥着锹头,在打碎那些坚硬的土块。

这时洪盖狡狐似的巡视过来了。

"多多地干活计。"他在老张挺直的背脊上,不在意地抽了一鞭。

王四麻子翻了翻眼皮,暗下里愤怒着。然而洪盖又傲慢地走去了,摇着藤条。

"老乡!山东莱州府的吧?"王四麻子温和地问向老张,并猜测着老张的口音。

"对了。你先生在这里,可看见俺没偷懒吧——我净他娘的。"老张背蜷了一只手,摸了摸脊上的红条棱。

"闯关东不容易了。头几年老高丽棒子哪敢欺负咱们大国人,现在年头是变了。"麻子脸上现出了感喟的神情。

"近他娘的。钱真不易挣了，还得受'二号'大叔的气。"老张重新铲动起泥土来。

汗珠从他额前滑下，冲洗了他的污垢脸颊，透露出一丝丝新鲜的肉纹。他那赤露的肩膀满绽着汗水，像涂抹了层黑油。头上热腾腾地蒸发着污气。

王四麻子默默地看着他，像在审察他的骨骼，或在测量他的劳动力。

"老张你为什么必得干活……受这种气呢。"他终于这样问了。

"老家里，没有粮，没有米，不干活吃什么的？"他奇怪地反问。

"你们没有舍不掉的东西，就光杆子一个人……"麻子脸靠近了他——

"不会干些别的吗？干呀……上山里去。"

"像你们有钱的人家里又没等吃等喝的，为什么不往山里去？我若是家里没个老娘，早就跑到山里干去了。"他停止了掘土，用胳膊揩着脸上的汗。

"我们是有房子有地，用不着干这受气的活，再说也不能白白掷了房子和地皮，往山里去呀。"王四麻子惭愧而窘迫地笑着说。

然后他在一株树荫里坐下，暗自解剖起自己的问题来。麻脸向着远方的高空。

山和天的一缕交界线处，有破棉絮样的流云，轻松地飘卷着，又很快地流向山峰背后。铺展在屯子或田舍间的阴影，也跟随着云翳逐渐挪移开去。

——有钱的，舍不了财产；没钱的，又有等吃等喝，中国人还有谁来出头呢……他摇扇着纸扇，在问自己。

长在他眼前的高粱，秸秆已高过了人脖项。狭长的叶子，淡漠地摇曳着。在它丰腴的绿色里，夹有一丝一丝的红线。苍蝇和绿甲虫在叶的背阴处跳动着，有时作个暂时的休息，潜默地。

"多多地干活计。"洪盖甩动着藤条又走了过来。

"歇歇吧！"王四麻子挪了下屁股。

"谢谢。"他挨近他坐下来。

接着摘下了茶色眼镜，用制服的一角抹着说：

"中国 Salami，gaix angazi。（中国人像懒狗一样）"

"狗倒是狗，可是天狗，天狗会吃'日头'呀！"王四麻子诙谐地说。

"对了，狗一样。"

在这王四麻子是值得愉快的，他得他那含有双关意思的话被别人真挚地接受了。他不想再说什么，他又不懂朝鲜语。他俩沉闷地脸对着脸，有时无意地笑一下，有时又像在对骂对咒。地皮上的丛草，为洪盖不停挥动的藤条的摧残，有些竟斜倒下去，闪出了须根。

猛然洪盖又爬了起来，像发现了什么可惊的事件一般，奔向在挺直腰背的杨庆。

"拍拍！"照例抽打了两下，然后一声不语地走向前方去。

脊背受了鞭策的杨庆，急促地弯下那鼓起粗线棱的腰背，挖掘起土来。

"这小亡国奴！"抬头不见了洪盖，他泄愤地骂了句。

"干吧！有那么一天，咱们也收拾收拾他们。"老张扶住铁锹柄说。

在他们身后的澄黄的沙质土层，僵直地尽向后拖长着，好像一条浑浊河流沿了高粱地垄冲去。

人群逐渐地跟了这路线挪动，直到第二天黄昏，又换了铺铁轨的工作。

"乓……乓……"到处响着铁锤的敲打声。

整齐的枕木，密梯样拖长着尾巴。雨蘑形的铁打，沿了铁轨散集着。监工的洪盖还是来往地穿巡着嚷：

"别偷钉子。快快干活计。"

"这可算他妈的完了。"一个扛铁轨的走来说。

"雪白的大洋，快弄到手了。"杨庆笑眯眯地说，"老张打算往山东家汇多少去？"

"怎么的也得凑个三四十元的咯。"老张一边在钉着轨槽说。

"我也得汇三十元去。"

"干完了……大家就好啦。"王四麻子安慰着他们。

其实，他却正在愁闷。他紧紧地蹙着眉头，让外眉角向下倒垂着。他想告诉他们，他从杉浦采木局得到的消息。但他怕他们的粗野，说不定因之会闯下大祸来。

——都是中国人，又都是老乡，我决不能坐视的。他们每天像暴日下的毛虫，挣扎着卖力气，竟受到日本子的骗呵……最后他决定了——

"老张——嗳！老张，"他嚅嗫着，"我告诉你，工钱——工钱怕不能一时发给你们呢……"

"怎么的？"老张抢着问，"你告诉我，王四麻子。"

这称呼，使他很满意。好久他没听到四麻子的称呼了。他凑到老张近前说：

"我听到一点消息，工钱非等通车后不能发下来。"

"那叫我们吃屌毛？"老张不相信地蔑视地重又挥动起铁锤来。

"真的呢！"诚恳的麻子脸，还凝视着他。

"敢不给，凭着自己力气挣的呀。"

王四麻子面颊焚起羞辱的火，他瞥了下老张，毫不留恋地走开了。

——我管他妈你们这些家伙的事，我贪图什么呢。我？……他想。

清朗的高空，疏星们相互地挤弄着鬼眼。微风送来了寒气，预言初秋的到来。苞米叶子，高粱叶子……全部沙沙地作出了亲昵的微响，像是偎依的偷情者的细语。大豆和秀谷则漂泛起柔浪。

王四麻子踏着皎月的光辉，缄默地跟在人群最后，走着。他那脚边的铁轨,直伸向远处,仿佛两条巨蟒,带着火一般的愤怒。

——这年景说不定会变到哪一步,H 城都修了铁道了……他感慨地想。缓缓地拖动脚步,走进了杉浦采木局。

杉浦穿了兜囊袖的和服,双手插在黑腰带间,习惯地跪坐在草席上,神气极其安闲。

"杉浦先生,这月的房租请借点给我吧!"王四麻子谦逊地一笑。

"别提房租啦,吃饭钱我都没处弄。坐一会,来谈天好不好?"杉浦伸手在暖炉里,拨了拨火灰。

王四麻子呆痴地凝视他一下。

"我们是老朋友了,五六年的老朋友了。"杉浦感情地说,"你遭受官司,我从大狱里要你出来。不是老朋友,谁管那种闲事。不是吗?……李把头占据了黑顶子山,当土匪了,弄得我今年一根山木头都没到手,并且我们国的军费的负担又那样重,这个月的慰劳捐,我还得从铁路经费里挪借一部……"

王四麻子的脸,由酱紫而绯红。他不愿再听他这熟悉的唠叨,他制住心里的激愤,柔声和气地说:

"三个月没缴租了。杉浦先生你是知道我的困难的,吃饭不是都得赊米么?"

他畏惧杉浦会瞪大了眼睛。幸而这时的杉浦两眼还细细地眯住,像个慈善的老太婆。——他用温和的口吻说:

"别着急,慢慢地我总会想法子。"

"实在不成哪。"麻子脸上露出了恳求的神情,眼睛避开杉浦,望向炕桌下的睡着的猫。

"连修铁路的工钱,都不能全发,我不是和你说过么?何况是房租。"

王四麻子突然壮了下胆说:"那么请你搬家吧,我是靠着房子吃饭的。"

"什么？"杉浦怔了怔，这真个是细眼圆睁了，"搬家是什么话，你这种态度，简直得送到大狱去，教训一下。你得知道，警务局是我担的保，我有权力再送你到那边去。房钱……没有，还叫……"

王四麻子着慌了。在他那懵懂的眼睛前面，爆炸着火炭似的金星。虽然心底激荡着怒涛，但为那瞪圆的眼睛的光辉的箭射平了。这时杉浦正在挥着手说：

"去！去！不许你在这房里站着。……五六年来我付给你的房租早就已超过房价的两倍了……你还不明白？去！"

"呵……我喝醉了……"王四麻子终于赔了个笑脸，"我说的话冲撞了你……你不要……不要在意。……再见！"他抖动着腿子，走出门去：

——你还不明白，房子已给了两倍的价……

他咀嚼着杉浦这意味深长的话。

一四

铁路旁的女子小学旧址，暂时作了铁路局筹备处。在破旧的大门上，挂有新油漆的木牌。

荒凉了许久的教室，张开凄凉的巨口，像卧伏着的兽壳。人们聚集在这里，当中只缺少了王四麻子。

杉浦两手按住桌角，稍为向前凸的胸部，好像是蛤蟆的圆肚。他那洁白的牙齿，在没说话前习惯地咬着下唇。脑袋微微地动摇着。

"这铁路需要的职员，最好是招考。"他高傲地这样说。闪着老鼠眼，征求各人的同意。

"是的，我有一个朋友，是在北平读……"李会长笑眯着脸说。但杉浦立刻打断了他的话："这里该用朝鲜职员，为的是他们耐苦，并会说日语。"

"可是没有满洲人，那也是不很便当的。"李会长仰着深暗的红脸膛，胆怯地在抗议。

"对了。用几个满洲人，在旅客方面是比较便当点。"一个有微白胡须的绅士说。

"这些事情……不必诸位担心。"杉浦和善地说下去，"满洲人决计一概不用，尤其是从北平回来的学生，多数是坏蛋。"

他还那样挺着前胸，胳臂像两根铁柱，支住整个的身躯。

李会长斜瞥了下那位白须绅士，随后向福升昶老板丢了个眼色，仿佛在做哑谜。

"我们今天所讨论的，是关于车站的建筑……"杉浦又发音了，但又立刻停顿下来，歪着头……喳……喳……

庞大的人群，突然涌进大门来。

"给我们工钱，净他娘地欺负中国 Laobedai。"老张最先开口。

"不干活还使鞭子抽；干完活不发工钱，你们这逼着咱们算账？……他妈妈的。"杨庆立住脚，挽了挽袄袖，神气像等待搏斗。

"打个小舅子养的。"

"打……往屋里进！……"

人声像海涛般咆哮。火药库爆炸了！每个枯陷的眼眶，都像在冒着雄赳赳的烈火。丛杂的鼎沸音浪，乱嚷嚷地，响成了一片。

屋里的人们立刻起了混乱。惊慌的面庞，到处在晃动着。只有杉浦坦然地走了出来。他嘴角透出了空虚的笑，眼睛还是那么照旧地细眯着。

"不要胡闹。"他用柔软的调子说，"这会使你们蹲大狱去。你们知道，这是非常时期，如果再闹下去，我定得将你们送到特务机关或宪兵队里。"然后他改了断然的调子："知道吗？蠢东西们！"

像烈焰遭遇着冷水，人声消沉下去了。只是每人的眼里，还潜伏着不可抑遏的怒火。

"工钱当然得给你们，不过现在不能。你们不是已经得到十分之三吗！那就很对得起你们了……通车以后再说吧！"他含糊地说完后，扭动身子，想退回屋里去。

老张畏缩地望了望每个伙伴，筋肉强健的臂膀，微微地斜耸了下，然而阔大的胸部，还在不平地起伏。

"那些工钱！通车后一定能给么？"杨庆又虚张声势地向上挽了挽袖子。

"这不能一定……我招集你们，本来一天三元钱工资，可是王四麻子骗了你们。"杉浦狞笑着，走进屋去了。

"这小子，向四麻子身上推。"李会长向福升昶老板递了个眼色。

"可是你得'力争'呀！车站职员得用满洲人。"福升昶老板低声说。

"……咱们向外拿钱办铁路，叫高丽棒子挣了去……算狗屁股东。李会长你得替股东们说。"白须绅士悄悄地附到红脸膛的身边说。

"他一个人把持，哪有咱们说话的余地？"李会长默默地瞅向窗外。

扰乱的人群，仿佛一堆飞蝗。他们相互地吵叫了一会儿，又拥挤着奔出大门。

"净他娘的……一月多没向山东汇钱了。"老张在队前低了头说。

晚风夹带着潮湿气味，吹拂到他身上，觉得特别的寒冷。

日头偏西去。西方的天空，渲染了一片红霞。近处，是杏黄色衬托着蓝色的高空。在云块的空隙处，露出蓝色的线条，极其鲜艳。

老张同伙伴们懊丧地迈进了凌云阁。

王四麻子哭丧着酱紫的脸皮，听着他们争先恐后地诉说，接着他又低下了头。急躁合着愤怒，锥刺着他的心。看了看围绕着的人群，他咽咙急剧地作痒，他干呕了口唾沫。他的两眼，渐渐闪出了泪影。

——烟馆也没法支持下去了。有钱的人没法活，没钱的人更没法活……我得要活，他们这些苦力也得要活……杉浦……

他简直不敢再想。干呕了一回，他突地瞅向这些人，说：

"伙计们！只有一个法子，我们到山里去，我们得走活路……争这口气，就得拿枪。"

"对。我早就想到山里去了。"杨庆抢着说。

"反正在这里也早晚得死，倒不如吃吃山里的大碗饭。"另一个披着破小褂的附和道。

"……小声点……"不知谁这样插了句。

他们经过一度机密的唧哝后，每人的心都在悄悄地跳动了。脸颊呈出了严肃，眼珠注满了兴奋。有些眼睛似乎将要流出血来一样的红。紧紧地有力地握着拳头，粗硬的筋肉，凸起了棱角。

"我的房子和财产也得丢掉了。"王四麻子低声地说，"今晚咱们就'起黑票'（在俄罗斯经商的人，都会说这样的话，意思是偷跑）。咱们拉到黑顶子山去，我那里有朋友。"

"我老家里还有娘，等着我汇钱养护呢？"老张祈求的眼光，盯视着麻子脸的鼻尖。

"伙计们！"王四麻子机警地眨了他一下说，"老家若是没有老婆孩子挨饿，也都不来闯关东……你们不知道，关里军队，就要打出来。今年就是'日'落酉时的时候。我们很快地就能出头……反正不能常干不挣钱的山沟里勾当。"他说话时的唾沫，飞溅到老张的脸上。

"一年多了，关里干啥不打出来？"老张呆着副冷脸，发痴似的仰视着他。

"今年保准打出来，我们抄后路，拆铁道……那么大家以后就有饭吃了。快，用不了五个月，日本就得完蛋。"王四麻子兴奋而坚决地说。

"对。不能让在家捆住，我们两眼巴巴看着国亡。"杨庆不屑地睄了下老张说，"谁再麻烦，就……他妈的刀插在脖子上，你还得告诉，死后的血留给你娘做汤喝呢！"

老张软瘫地低下头，默想着。

终于在这一深夜,他随了一大群人,偷偷离开污浊的 H 城,向期望的黑顶子山奔去了。路上蔓延的植物和有尖角的砂石,刺痛着他们的脚掌。但他们不顾一切地走去!走!走!——走向他们敬仰的那一块土地!

在月色迷惘中,队伍拖长了尾巴,像是铁甲车上拖拉着的一道浓重的黑烟。田野间秋虫,在为他们吟着歌曲,唧唧!唧唧!唧唧!

完稿于西班牙军叛前夕

下 篇

一

王四麻子从黑熊皮褥上爬起来，望了望屋里。黑暗的夜色中，他没看到什么。煤油灯已干涸了许久，四壁也没有窗洞，他觉得气闷。若不是严冬将要到来，他一定会在壁上凿个小洞，让月光透露进来。现在，他不知道月亮究竟升起多高了。

"刘强！"他懒懒叫了声，继着自己咕哝说，"好小伙子，真能干，又巡哨去了。"

他摸起枕旁的匣枪，将皮带套在肩头，晃动地走出去。

上弦月挂在山尖上，洁辉洒满了山谷。近处重叠的峰尖，织描着一层层散云。

茂蓬蓬的厚草，显得衰萎了，倦怠地飘动着枯叶。这里找不到苞米秸或高粱秸。除山涧夹杂些树林外，全都是些艾蒿草了。

深秋已覆盖了所有的植物，浩大的肃然瑟缩之气，展布在错综的峰峦间。

树枝搭盖的蒙古包式的矮屋，四散在沟壑间，沐浴着月光，像是巨熊的尸体。

夜的空谷，漂荡着雨后的蛙噪。间有远方狼群的锐叫，一声声传来。

"呔！"王四麻子畅快地望向营盘。

他穿着的警服，和他的身材极不相称。两手露出袖外半尺多，一边在草径上走着，一边甩着两手，更显得滑稽。但他自己是愉快地摇摆着头。为了能使人知道他在查哨，他极力高声哼着戏曲。

刚到第三道卡子口，前面有人爽快地招呼他：

"这是谁？四麻子吗？"

现在他对这称呼，毫不介意了。他知道自己的诨号已经在弟兄们口里有了亲热和夸奖的意思。

——本来自己是很会干的，简直是李司令不可少的帮手，他这样高兴地想着。

"怎么样？伙计。"他走进沟间的草丛。

"呵！真冷呢。明天得想法子弄双靰鞡。真受不了呀！"杨庆歪着个黑脸膛回答。

"对了！总得想法子……让脚受罪是不行的。哈！哈！……"他从枪及脖项的空间，拍了拍杨庆的肩头。

接着又是一句："刘强来过没有？"

"他查哨去了……那小伙子，倒有些胆量呢！"

"四麻子来了吗？"芦苇中又闪出了个头。

"——你老张吗？"王四麻子走近了一步。

老张手里提了马枪，弯伏着腰，跳过水沟来。

躲避在沟沿的蛤蟆狡捷地投扑到水里，溪流里就像掷下了碎石，响出沉滞的水音。

他们闲扯了一会儿。从 H 城的杉浦，扯到关里军队……一些乱杂的琐事。

"一定能打到关外来。"最后王四麻子断然地说，"中国的军队，比前清辫子兵野得多，他们才不能低头受'熊'呢！……好吧！我到二道卡子去。"

说完后，他便扭转了身子。

二道卡子，只有半里的距离，设在山坡的石崖里。

岩石是些奇突的自然保护垒。又加上他们搬集来的僵石，便成为最好的战斗蔽障。

这里的哨兵,在安静地抽着卷烟,同时讲谈着山口外的朝鲜姑娘……城里的日本军……

"伙计们!机灵点,别光闹着玩呀。"

"来坐一会儿吧!我们的参谋四麻子。"郑老二掷掉了卷烟。

"你们都说什么呢?"他好奇地问。

"没说什么,说的是军操太吃累啦!"另一个说,"你没来的时候,哪有这些屌事情。真的,没有一点用处。"

说话的人蹲在背光的地方,王四麻子只看见黑影里吸的烟头一亮一亮的。

"可不是,下屌操干什么。"郑老二斜坐起来,沙枪歪倒在他怀前。

"这是军事上必得懂的呀!伙计。"

"什么他妈军事,打日本不是就得了吗!"

"正为着打日本,才得受点军事训练呢。好好地干吧!这么棒的小伙子,还怕下操吗?"

王四麻子有点鄙弃这些粗人,可是他又爱接近他们,他们不会忧悒,只知道干。

——这才是救国的材料呢!可惜不是沙坪镇的炮手们。……

"什么时节打日本呀?都快到冬天了。"郑老二掏出烟叶,在卷着烟。

"快啦!……枪械都不全,子弹又不够,没办法。不过……"王四麻子感到解答的困难,低下麻子脸在沉思。

"那么小胆。你和伙计们说吧!打。"郑老二把"打"字提得特别高。

这时他燃起了卷烟。火柴的微亮,被风扇动着,很清楚地映出他的脸颇显得凶狠,粗野,像只忙牛。

"一定打……你们歇一会儿,留心你们的岗哨吧!"王四麻子懒于应付他们了,他又暗笑他们的愚蠢——只知道打,说不定枪还不会放。送给日本人磨刀子吗？……工兵的材料。……他这样想着在高茂的芦苇草里，懒散地拖动脚步，一只手按住匣枪。

头上月牙，向西移动着。草棵间的蛙声渐渐沉寂。深山里时时飘送来豹子的悠怨的长啸，这声浪深深地刺到他的心窝。

不远的前面蒿草里，有人们在蠕动。

"谁？"他陡然地问。

"游击队。你呢？"

"老于吗？我是四麻子。"

逐渐走近来了，老于的圈腮胡子，毛蓬蓬地现在他眼前。在他破裂的袄袖上，套着队长的"号布"。

"老于你真实在呢！干得像样噢。"

"不成，我觉着干不惯。说不定是他妈没有福气，我不知道队长怎么当，若是叫我砍木头，那可行。"老于局促不安地说。

"我们也屌弄不来，还得排着队走道。"一个队末的高个子说。

"这是军事常识。"王四麻子又有些困窘了。

"啥时候打日本子呢？"一个背着双筒猎枪的问。

"这就快啦。"老于代替着解释。

"打就爽快打，打完了，咱们该着种地就种地，该着卖'老博代'，就卖'老博代'。"

"可不是怎的。打完了一散就完了。还老一门儿价排队……不痛快地打。"高个子又附和了。

"伙计们别说了，巡哨去吧！哈……哈……这些事情，有我计划。"王四麻子像要逃脱似的，向他们挥了挥手。

"什么他妈计划……"

他背后送来这声音。这使他很羞愤。

——这真是些野蛮人，一点什么也不懂。……可是他们真想给民族争光。……

"谁?"对面的人听出了他的脚步,当没有接到回答时,又急促地补了句:

"不说话,开枪了。"

"呵……我。"他恢复了知觉,急忙地答应。

"王大叔吗?"

"刘强!你吓了我一跳,我正在想事情。"

他俩在月辉下的草地上印出清晰的两条长影。刘强肩头的快枪在地上拖成个细长的影子,像一只撑竿。

"上哪去?"刘强望着王四麻子的脸说。

"头道卡子。"

"我刚从那里回来,没有什么动静。"

"那么回去吧!"

他俩转动了脚步,踏着残草。王四麻子瞅了瞅刘强。这小伙子清瘦了些:颧骨铁硬地削凸,那一对又大又有精神的眼珠,注视着拉长的黑影子,像在思索什么。

"大叔,我们就这样过下去吗?像土匪似的。"刘强蹙紧了眉毛,头侧向四麻子。

"你也和别人一样傻吗?我们不是军器不足吗?"

"不是。"刘强摇了下头,"我是说没有较好的办法弄吃粮,弄煤油……火柴吗?到屯下去硬捐,捐是多么受听的名目。并且向高丽农人,捐中国救国捐,这是讲不过去的。这和土匪的抢,没有差别。"

"在军事时期,不能讲理。谁让他们种中国的地,并且我们苇子沟附近,也没有咱们本国的种地人,总之是混乱年头。"

"这就是矛盾了。我们是被压迫的民众,而现在我们又去压迫比我们可怜的人。我们的生命已经被田地吸取了一部分,地主吸取了一部分……我们又……"刘强重新低下头,眼看着胶皮底水袜子。

"这正是混乱年头嘛!所以我说没有什么理,谁有枪,谁就是大爷。"王四麻子得意地握着拳回答。

刘强知道是不会解释明白的了,便微闭着嘴,冷淡地走着。

——日本子为了人口……经济……来作最后挣扎,侵占了关东。现在我们为了人口……经济……又来侵害高丽农民……刘强一边走,一边纳闷地想。终于他自己解释道:总之是人越穷,他的生命也越贱,有钱的人,已逃到都市去,只有这些人还在企图最后挣扎。……他凝视着影子的边缘——那么我们为了这些人,就不收食粮捐吗?可是救国工作就必定垮台……这是一个问题。……

"你想什么?"王四麻子偏过头来问。

"这是一个问题。"刘强重复对自己说了这一句。

二

是黑夜。头道卡子在飞弹交穿中失了守。

当当当……锣声急乱地敲着。

义勇军们惊慌失措地奔跑。每人的枪支,都提曳在手里,无数刺刀尖在芦苇中飞快地混乱地穿了过去。

锣声盖没了王四麻子的呐喊。只看出他骑在大红马上和摇动的左手。

月亮还没升出来。疏疏落落的小星们发着微弱的光辉。王四麻子辨不清人们的面廓,只觉得出现在他眼前的,宛如惊逃的狼群。

"伙计们!"他高声叫,"痛快冲向前去,下操时教给你们的……是用得着的时候了。"他骑了马,拐过二道卡子的山脚,"二道卡子伙计们!到头道吧!冲向前去……"

"轰!"一颗炮弹飞到马前,在闪光里,他瞥见了老于的圈腮胡子。

老于正伏匿在芦苇里,像是在捕鼠的猫儿。他觉不出自己是惊慌还是兴奋,他静悄悄地向前爬。他翘起茂蓬蓬的胡子,一手按住残草,一手扼紧了枪。迎面草棵间,微微起了蠕动。他靠边挪动腰骨,屏息着瞄准枪头。

"乓!"烟雾中,一个戴钢盔的家伙,软瘫地倒了下去。

"乓——哽!"老于身侧的游击队兵陡然耷拉下头颅,手里的沙枪甩到老于的脊背。

"轰!"炮弹又在身边爆炸了。土屑和草叶,飞蝗似的扑飞过来。

在火光闪动的当儿,老于又瞅见了潜爬的日兵,他急促地高举起枪把,劈木柴样击打下去……分裂的头颅,飞溅的血星,喷射了他整个前胸。

"轰!——呃……"炮弹不断地落下来,义勇军队被截成个圈形,在圈心里摔倒的人们,激烈地惨叫着。

炮弹后跟来了日军,凶猛地冲锋。

"操你妈的。"老于挥舞起枪杆,疯狂似的打着。

他身后闪过了刘强。刘强挺着带刺刀的"大盖",向有髭胡的军官猛刺过去。

"乓——"刘强的马斜倒在草丛间了,刘强也被甩滚到沟崖。

"刘强!"王四麻子跳到他身边,扳起他的脖项。

"不要紧,没打着。"他翻起身来,然而他的"大盖"已经不在他手里了。

"轰!"像剧烈的霹雳,在人丛中爆炸了。周围的芦苇也竟焚烧起勇猛的火焰。

烟氛笼罩了大地,火光执拗地摇拧着身子,发出愤怒的吼叫。

"退呀!"王四麻子扶掖了刘强,用枪柄敲击着马尾的脊骨,向来路飞跑开去。

"退呀!"老于也混合地叫。

黑沉沉的人群,在火光照耀中,疾退下去。

火光逐渐地离远了,沸腾的人声也低哑下去。半圆的明月,发出皓洁的光辉。人群都沮丧着面庞,仇痛地迈动着腿子。

拐转了山脚，现出一带树林，交互盘错的伏根，像弯曲的爬蛇。繁密的枝叶，遮蔽了月光。湿润而冷冽的空气，使人有阴森之感。

他们穿进了树丛，疲乏地停住脚步。

"他妈的……怎么办？"老于最先止住了喘吁。

"呔——到沙坪镇去，投奔刘副官那里去，现在他是司令了。"王四麻子按着马脊跳了下来。马的皮毛，已挂满了汗珠。

"真他妈怪了！'好模样的'今晚上，日本子就出他妈的兵。"杨庆卸下了猎枪，在树根上坐下来。

"你们不是很早就说打吗？……一定是不中用呀！"王四麻子拴住了马缰，用袄袖拂着额上的汗说。

"别谈这些事吧！后面郎巡官他们跑来了没有？"刘强松懈地蹲伏下去。

"李司令可是'贴筋'了。他叫我背他。我哪还有屌劲去背……"郑老二斜倒下身子，他的头枕了树根。

"你怎么没背他，这都该枪……你太不对了，他是司令。"王四麻子按摸着马鬃说。

"哪还背得动呀。"郑老二说着扭转头去。

"真是……国也没力救了，我家里的娘还饿着。"老张的粗壮声音变了哀怨。

"唉！"王四麻子向四围望了望说，"郎巡官也准叫他们收拾了……老于，你找几个弟兄打着更，让大伙歇一会儿。"

然后他仰望着天空。从叶隙间透进的星光，晶莹地射向他的麻脸。

"唉！今天大概是丙午日……日军是从离火来……天意……"他喃喃地说，手还在抚摸马的鬃毛。

别的人们，有的打起了鼾声，有的在卷着纸烟。刘强在渺茫地想——那些高丽佃农，现在不用给义勇军预备粮捐了……可是在日本子管辖下，就能好些么？

他的脊背靠住树干，眼凝视着东山。

嵌在山尖的云霾，变成了鲜蓝色。微弱的晨风，吹拂着人群。

王四麻子的大红马不老实地长啸起来。远空响起了回音。

人们重新唤回了活跃的气象，拖排起杂乱的队伍，在荒芜的沟渠里，走着。

颓丧的马尾草覆掩了沟谷，其间还夹有蔓延的喇叭花及干枯的曲藤。芜僻削立的山峰，像是压伏在人们的头顶。

刘强骑的灰色马，瞎了一双眼。它的尖削背骨，磨破了他的胯股。随了马的颠簸，他感到了酸疼。

"喂！有什么法子可以使这瘦马不磨屁股呢？"他对马前的杨庆说。

"不骑是最好的法子。"他扭回半面脸，玩笑地回答。

"设若你累，我可以让你骑的。"

"谁敢骑你这小军官的马呢！"是带有嘲笑的味儿。

看看刘强不作声，却又换了口吻说："你找块毛毡垫着吧！再不，我脱给你棉袄，反正我不穿它也不冷。"

刘强接过棉袄。那真是破的稀糟了，蓝色花旗布，已经褪成了深灰色，污秽的棉絮，全都露了出来。

刘强抬挪着身子，将它垫住了。于是他俩攀谈起来。

王四麻子在队前，也和老于闲谈着。他们这样会解除长途的枯燥。他对老于谈起了他在海参崴遇到的"穷""富"党的战争。

错杂的屏峰。围住崎岖的山野，像入了原始的地带。飞鸟在这里是稀有的东西，即使高空有时飞翔着老雕，但不时就被山壁掩蔽了。

枯黄色的草梗，在秋风里悲凄摇曳着。离了母枝的桦树叶，在趁风飘舞。加强了暮秋塞北的荒凉！

惨灰色的高空，扯满了浓云。空谷间，逐渐喷放起厚雾。

夹有盐质的云雾，凝集在整个空间。海洋性的微风，带来了刺骨的寒冷。

"别走差了！跑到他妈海参崴，可坏醋了！"队伍里喊出高声。

"这是屌熟道。"郑老二的苍哑嗓子。

"小心哪！别越过俄国界去，蹲'Baliz'（俄语大狱）一天就给你二两面包。"粗重的浊音，显然是老于的嗓调。

路径沿着分水岭爬去。清晰悦耳的溪流，生动地在一边低吟着。

"别跳过这条水呵！这是和'老毛子'的交界线。"是王四麻子提高的嗓音。

浓雾障蔽了每人的眼睛。刘强在迷惘中，递给了杨庆棉袄："穿着吧！我受点罪不要紧，别冻坏了人。"

"走到这屌地方，到哪找饭吃呀！"杨庆穿上袄，高声地叫着。

这音波传到不远，就为雾气消散了。

"传……得找饭吃。"杨庆在模糊中撞了别人一拳。

"传！找饭吃。"被撞的人，又撞了下前面的人。

"传！找饭吃……"前队也起了喊声。

"雾散完了咱们再找地方吃饭。别着急。"王四麻子和蔼的音调从雾中透过来。

他那夹袄，给潮湿浸透了。他的嘴巴像机械一般颤动着。酱紫色的面皮上，呈布出鸡皮样的米粒。

牛乳色的雾，在午时消散了。他渐渐看到远方的"土字碑"，像静立的墓顶。

分水岭荡漾着狭窄的水流。当它向深沟泻去时，像一小片瀑布，翻溅出白色喷沫。盘踞在隔崖的土山，生长有繁密的婆罗棵子树。苍黄的婆罗叶子，飘荡在枝桠上，敌视着北风的催击。

"从这里过去，就是缘旗河，离海参崴只一百多里了。"王四麻子沉思地挥着手——"前十年这'口子'开通时，闯关东真发财，我就常跑到缘旗河卖烟土。"

"……昨晚上叫日本子……闯关东的乡亲，不用发屑财了。"老于颓丧着脸。

"这是天意呀……这里找不到吃饭地方。"王四麻子说完扭转头望了下刘强。

刘强在队伍的末尾，向对岸的山涧望着，深谷幽沉，找不到生物的痕迹。山峰宏伟地伸长开去。

"找饭吃呀！"杨庆重复吵起来。

"散开队打围吧！一只狼，或者几只兔子，是很能吃饱的。"刘强的话，像切断绳索的尖刀。

人群，一簇簇拆散了，开始在沟涧里呼哨，企图能惊扰起一只小兽来。

"他妈的……挨饿了。"郑老二一面呼哨，一面诅咒。

"挨饿了……高兴的是，昨晚打死三个。我的枪，真有他妈准。"杨庆照常地露着笑脸。

"骂哪个没卖力气的？……我们子弹若不他妈早放空了，哼！……"别一个提双筒枪的说。

刘强默视着他们——真是些"棒"家伙！……他又转向沉默的老张。老张在垂丧着头想——老家里的娘，准又挨着饿了吧！我还是头一回受挨饿的味道呢！

三

夜的山谷，冷静而苍茫。高耸的峰峦，衬托着渺渺的天空。山巅的丛林，散漫地挂着几点寒星。它们闪动着齿形的光芒，窥望着山间滑过的人群。

刘强的空洞的肚皮，不时翻起泡沫。他感到周身酸楚和疲乏。伸着的两腿，已经麻木作痛。他静静听着马蹄在枯叶上的奔动声。那低微的声息，似乎"梵亚林"在奏的低弦。他缄默地望向马头前的队伍，他们满浴着凄怆,有时他们发出短小的唏嘘,而这微细的声息里,寓藏着怅惘的心情。

本来在薄暮时,他们还能诅咒和狂喊,好比无巢可栖的昏鸦。可是现在他们全部都垂头丧气,像枯萎了的马尾草似的。

"饿吗!再找不到人家,我可以把这匹马杀掉。"刘强向叹气的杨庆说。

杨庆扭转头,默默无言地摇了下。刘强没有看清他有没有笑意。但即使有笑那也是惨淡的。

"到了沙坪镇就好了。我还有同学在那里。"刘强安慰着。

杨庆还是哑默地走动着。

队前的王四麻子,几乎打起盹来。倘若那匹大红马不在颤动背脊,那真说不定他会睡一个好觉。他的眼睛蒙眬,他知道必定得下马走动了。这会使他提起神来。

"不能走错吗?"老于甩动着马缰。

"熟道。不能错。"他稍微轻松了些,静默地迈动着麻酸的腿骨。

路径他确是记不清了。已经拐转了许多山脚,但他依旧沿了深壑的荒草道,不住地走。他的酱紫脸沮丧起来,肚子也尽发响。平稳的心腔,灌满了辛酸的浆液。

久无人迹的草径,弯曲地离开了分水岭。他毫不思索地岔下去。

除了"沙沙"的脚步和逐渐远离的水流,四围是死静的,蕴藏着恐怖。连亘不断的山脉,无际地起伏着,阻碍了他们的视线。路旁并行的谷涧,低陷几十仞的空间,充满了黑漆的颜色,像是掘长的陷阱。

这时刘强也下马溜起腿来。他静默地牵着马,迷惘地跟着队伍走。那匹瘦癯的灰色马,常被岩石绊缠得跪伏下去,但立刻又挣扎着跳起来。

他不敢再骑它。他小心地扼住缰绳,防它会坠到深谷里,把自己也连带坠下去。他让它贴近了自己的右膀子缓缓地走。

风凄冷地刮起来了。树叶相互摩擦,响声击荡着人们的落寞心情。饥饿掩去了人们的愤恨及世间的一切。

苍空闪耀起电光。每人都仰起脸沉静地呆视着。从杏黄色光辉里,分别出浓黑的云朵,带有波纹的云朵,淡白色的云朵……闪电消敛后,空中依然是一片苍蓝,找不出一丝杂色的痕迹。

他们依旧伸动疲劳的步伐,一声不响地走动。一切的东西,都跳出他们心境外,只有各人的心,相同地满怀着惆怅。

穿过有砂石的山角,不见了并行的沟涧,同时路径也模糊了。在前面展开了的,是一片荒残的矮草。这矮草连绵到山坡,也掩蔽了沟谷。

夜是永远沉哑。除了风的呼哨,几乎耳膜失了作用。山峰又是那么密列,他们迷惘了。

王四麻子瞧瞧那斜垂山尖的"北斗星"。知道没有弄错方向,头上的天河,拉长了薄纱带,间有闪动的沙星。

"老于。"他悄悄地说,也不知是恐惧,还是保持着寂静,"我到西北岭上去瞧瞧,有没有灯火。"他骑上马背,用缰绳鞭策它的脖项,驰向岭巅去。

冲上了岭巅,他张大眼,向远方的沟谷瞭望——同样的荒僻,同样的冷静。密林阻住了视线,他没有寻觅到什么。

"阅边"的俄罗斯马,打起了响鼻声,飘送过来了。他立刻兴奋起来,紧张的情绪,抓住了他全身的神经。他重新驱策着马,向马嘶的方向,奔驰过去。

"你们别动,在这里歇一下身子吧!"他狂喊着越过了队伍。

风的阻力,随了马的奔跑而增加。他偏着头,用马缰疾击着马肋。

对岸的沟崖里也有马蹄的脆响。逐渐逼近了。一个黑影,现在他眼前。

"晚安!"他用俄语说,"我是'契丹斯格'(中国人),请原谅我的冒昧。可以不？请你指给我到马滴亚的路。"

"你是'契丹斯格'义勇军吗？那是很值得钦佩的人呢！"对岸的陌生人说，"为什么不可以指给你道路呢！在一个值得钦佩人的面前，并且正是迷了路的时候。——你可以从这向西去，马滴亚屯就在前面。我现在祝你平安地达到那里。"

"那么麻烦你了。"王四麻子谦意地说。

"没有什么麻烦的。我们常常和你们的军队闲谈，并且喝他们特别美味的火酒。我这里是有面包的。倘若你携带着酒瓶，我很高兴和你喝一通。"那个陌生者张开了两手。

王四麻子没有看清他的面目，只有他筒靴的马刺，闪动出白亮。一条巨长的侦犬，偎倚着他，用长舌舐着水流。

王四麻子这时忘记了饥饿，也不肯收他的面包："我是没有酒的，朋友……祝你晚安。"他恳切地说了句，离开了。

他不感觉倦怠了，他快活地想——俄国人总是有一见如故的特性，简直……这一个又是酒鬼。

"大叔！沙坪镇还有多少？"刘强见王四麻子跑近，就蹲伏在马额下问。马在摇着长耳，撕吃草叶。

"前面就是马滴亚屯子……可算到了。"王四麻子搓动着双手。

他的马在嗅闻那匹灰色马，用它的前蹄蹴着，鼻孔小声地嘶吼。

"走吧！我们不用扑'北斗'了。"王四麻子给马项加了一缰绳。

"走，伙计们，要振作起来。"刘强也驱策起马来。

兴奋鼓动了每一个人，杨庆哼起了十八摸和跑关东的老调子。郑老二则唱起了朝鲜乡曲：

Dai dung gang bin, bu bin no

San bu Xan na

Isu ilegu Sinsu nasa gang din——

ilula……

有人发出了狂笑。成群的暴喊，渐渐扩大了。

他们欢笑着，穿过了两道深谷。天空开始洒下雨滴。

前面飘来了狗吠，人们随即停顿了叫唱，队尾的刘强，牵扯着马缰，愉快地丢弄着绳头，心里涌聚了兴奋。但是前面顿然被阻住了，他茫然停止了脚步。

"口令！"极其严厉的声音，从山坡间飘过来。

"……苇子沟的军队来见你们刘司令。"王四麻子热烈地但又有点不知所措地说。

"噢！同志们！"对面跑来了马队。

电筒的强光，晃耀到他们群丛中。黑暗的空间，像是飞闪出几条长蛇。他们惊愕地呆住了。

杂乱的电光，逼射着每人的眼睛，他们有的举手遮挡这光线，有的在惊疑地嚷"奸细"。

"同志们，不要吵吧！"一个温和的声音，从电筒后发出来，"你们什么时候从苇子沟走的？——我们是沙坪镇驻防马滴亚的中国救国军。"

"朋友！我们走了一百四十里了。是早晨走来的。要见你们司令，我和他是朋友。"王四麻子跳下了马。

"好。"他们走近了说。

一个披武装带的青年，走到王四麻子鼻前说："你们必须缴械。为了防备意外，没有更妥当的法子。请原谅——到营盘里，还是归还给你们。"

"那……这是干屑……"老于翻起了眼皮，用手扯了下王四麻子的衣襟。

那个青年的电筒晃向老于的脸腮。接着他照向自己的军帽说："这两位同志，请看看我的帽章。"——光亮里显出玲珑的旧东北军帽徽。

"对……对。"王四麻子诚挚地握住他的手。他的激烈与兴奋，使他下巴都颤抖起来了。

"这是规矩，同志们。在这深夜里是必得缴械的……况且……"他没有说出下面的话。

"缴械……伙计们。"王四麻子喊了。

别几个持电筒的人，也走近了他们。于是他们露着惊慌的脸色，将枪伸到电光旁。有一只手接了过去。……

队前缴过枪的人，松懈地坐到了草地上，杂乱地窃议着。

披武装带的青年挨到了刘强侧面。他的手电照射向他——陡然他握住了刘强的左臂。

"呵哈！刘强……你……"

"噢！……你是？"刘强呆呆地望着他。

"你……我是季伟刚。"他摇动着臂膀。

"……季伟刚！"刘强狂喜地握住了他的电筒。

"你怎么糟蹋得这样瘦呢？我真的不敢认你了。"季伟刚又拉了他的手说——"走！我俩马上到兵营去吧！"他扭回了头，又吩咐别的兵士，"把所有的枪支，分捆到马背上，驼到大营里去。"

刘强像遇到密友似的快活。他足有二年没有见到季伟刚了，虽然那时也不是了不起的好同学，但现在他却对他表示着敬仰。

"你现在任什么职务？"

"防卫队的队副，官小事多。你什么时候跑到他们那一伙去……关里的军队，有什么消息？"

"我……快打到关外来了吧！"刘强茫然地说。他心里拥有许多的话，然而他的舌头，似乎僵直了。他只知道自己是欣喜得发狂了。

"季伟刚，郎老师在这里吗？"

"跑了……到海参崴去了。"

"？"他心里浮起了个问号。

四

壕道里土壤的潮气特别的重。腐霉的味道里夹带着膻腥。阴冷、寒冽……黑暗。

"简直是到了煤窟，这样漆黑的。"刘强倚近了季伟刚的左膀。

"走熟了倒没有什么。"季伟刚扶持着他说。他担心他会碰到壁上。

在隧道的末端，现有煤油灯的绿焰，像是夜里的萤火虫。季伟刚拐转了，来到值班室。

南面顶端的盖板，透进一条长线的阳光。刘强松了口气，瞅了瞅周围。

壁角系有长绳，上面搭挂着毛巾，裹腿布，还有用芦苇编制的蓑衣。地下铺着晒干的芦苇和一张豹子皮。

"坐下吧！"季伟刚一口地道的满洲音，将坐字说得很重，带了"索"的韵脚。

刘强向他望着，在豹子皮上坐下。

他看他穿着相称的军服，流动而机警的眼瞳，粗鼻下的两片紫色的嘴唇，处处表现着是个能干的青年！

季伟刚微笑着，掏出了烟卷。

"抽一根吧。"他递过一支来。

刘强摇了摇头，直瞅着他的旧友。

"我比先前怎么样？"季伟刚自己点了烟。

"漂亮了。"刘强知道他的问意，说完，笑了下。

"嗳！干了快到二年，关里一点消息没有，我真干'腻烦'了；这种野蛮式的生活。"他暮气地摇晃着头。

他将身子斜躺下去。他那留有长发的头，横枕在刘强的腿骨上。他用食指弹了下烟灰——

"真的青春就这样埋葬了吗!"

"可是,为了祖国,为了民族,牺牲掉比青春还珍贵的东西,也是值得的吧。"刘强俯垂眼皮,望着季伟刚的似在回味的眼神。

"一切都给我苦恼,我就在民族革命的铁索下,被束缚住了。我不知道革命是什么玩意,一直到现在,我还是一塌糊涂。……革命……革命吞蚀了我的青春。"他无限痛恨似的像在质问自己。

"那么你……"刘强按着季伟刚的长发,惊异地望着他。

"我是堕落者吗?懦弱者吗?也许你会说我是混蛋!但是你完全弄错了,绝对地弄错了。……你知道,我是囚犯,就蹲在'革命'这个囚牢里……苦痛,我真受够苦痛的摧残了。"他吸了口烟,像醉鬼似的唠叨下去,"我不是说愿意做奴隶,这你须要明白。我是很刚强的一个救亡实行者。在最初的工作上,我是很卖了些力的。"他又喷出了淡白色的烟圈,"但我现在是摸到人生门径了,享乐!对,就是享乐方能驱逐了苦恼。虽然这享乐……也是粒难吃的药丸。"

"你到底是在说些什么?我不明白。"刘强竖起一条腿子,他那支着豹子皮的一只手,在赋闲地摸弄着柔软的皮毛。

"你不明白吗?是的,我自己也是不明白。真的,我找不出来苦恼的原因。"季伟刚翻坐起身来了,指挥刀的链索,常常地响动。

最后他又告诉刘强,他正热恋着一个窑姐。他现在只要有三百元金票,他就能痛快地娶了她。……

过午,传令兵来到战壕里,送来夜间口令条。他乘便请传令兵替他"挂号。"为的遇见一个旧友,必定要到镇里去一趟。

然后他俩走出了地道,刘强觉着舒快了些。

早晨下过的雨水,汇积成条条的小沟,从涧谷里流出来。靰鞡草荒甸子,汇成了一个大水池。水面露着的草梢,有如莲花凋零后的秃梗。远处漂动起水流的协奏。

季伟刚用力地抛弃了烟尾,掷向溪谷去。他耸了耸肩,领着刘强察看战壕的工程。

是借着沟壑的深浅而稍事修理的战壕。盖在壕顶的厚木板上,堆填着三四尺土层。不露一丝痕迹,上面任其自然地满长着艾蒿。战壕的梁背,像是丘陵。

战壕前,有婆罗棵子掩蔽着堡垒,歪倒的树干,交错地围在四面。上面的刺钩铁丝网,已挂满了土红色的铁锈。

随后,季伟刚把刘强引到粗糙的铁炮前。

"这是我们自己制的铁炮呢!能装三斤多火药。"他摸了下炮筒说。

刘强审视着他那阴沉的眼锋,铅弹色的脸膛,都蕴藏着一种忧郁。他想——二年的工夫,变成了个奇怪的家伙……青春……

头上的云霾,张狂地卷腾起来。老北风在山谷间打着旋转。飘零的树叶,婉曲生动的溪流,交织出荒野的悲凉。

骑马的传令兵和游击队,在山腰间神出鬼没地奔走。一片不安的景象,点缀了暮秋的肃杀景象。

刘强同季伟刚骑了配鞍的马,在弯曲草径上,向沙坪镇驰骋着去。那是两匹朝鲜种的马。马颈的长鬃,起伏地飘扬不定。那么矮小的个头,跑头却不很坏。

穿过了马滴亚屯子,极快地到了沙坪镇。

碎砂石铺填的街道,还不足半里长。道上来往的兵士,都戴着新发下的狗皮帽子,他们穿了灰破的服装,笨拙如熊。

突然一个草屋的顶上飘出了一张旗帜,随着风飘扬开来。"啊!我们的旗帜……"刘强不觉在心里狂叫起,两眼也就如旗子一般,随着卷动……

"……二年多不见您了。您可爱的祖国呵!二年前,我们学校的操场上是允许您招展着的,因为那是祖国的土地,而现在呢……"

于是他的联想就成串地起来,从季伟刚说的那个到海参崴去了的拿教鞭的郎体育官起，又想到在海渗崴住过的父亲。——而父亲现在也死了……母亲呢早回到关里了。……只撇下一个我，我……将怎样来报答这祖国呢！

沉默的悲哀和酸辛，在他脊骨里爬动。他的鼻孔极自然地伸缩着，眼泪不可抑止地要夺眶而出，他极力地克制住，牙齿咬紧着上唇。

"下马——你在想什么？"季伟刚呆视着他。

"呵……哈……哈！没有想什么。"他怕他窥出秘密，苦笑着——他扭转头，看了看马的侧面。

巨大的门槛旁垛起沙袋筑成道防护垒。"吉林抗日救国军救国第×旅政治部"的木牌，挂在门里的"迎壁"上。

"这可真的像到了关里了……我们在苇子沟像小孩闹着玩，就是国旗都没一面……"他牵了马！跟在季伟刚马尾，说。

"像关里又能怎么样。——马夫！"

"季队副。"扫院子的马夫掷了扫帚走来。

"把马牵到马棚去，多拌些豆饼，晚上还说不定要骑它呢！"他吩咐了马夫，走进最后的院子。

刘强好奇地巡视院里，一些零乱东西杂堆在一起。

走进了粉壁屋，有麻将牌的声音，清脆地响动。

"这不是刘强吗？王四麻子来的时候，曾说你在后面。"关唯吾偏回头来说，细长的手指里还夹着张"发财"。

"唔！关老师。"

"刘强！"孟昭礼站起来，握住他的手，叫。

刘强慌乱地应付他们的询问。

除了健立，他都认识的。他看着每人的面颊，都像从前一样的安闲。

"打吧！为什么停下来了？你们正打得高兴呀。"刘强向他们挥着手。

"那么你抽烟吧！这是最好的朝鲜烟丝，就是桌上的那个前门烟筒，你自己拿吧！"唯吾紧忙地扭回了头，"什么？'五万'——我以为推倒了呢！"

他那有艺术美的手指，又捣弄起牌来，

季伟刚在窗子旁坐下，将烟丝按满了烟斗，走到健立身后，静瞅着他的麻将牌。

"在H城听到南京有什么举动没有？关于军队——'碰'！"关唯吾咽回了话，打出了只"发财"。

"我在春天，就跑到苇子沟了……"

"关里出兵了没有？"孟昭礼摸了颗牌问。

"出兵——'三万'。"健立不在意地打出一张牌。

刘强不及开口，桌上就高声大吵起来了：

"啊呀……白瞎我这满贯的清一色了。"

"我才闹个'大平'。"关唯吾推翻了牌。

"我'小和（音糊）'三十二。"

"二十！"

哗啦……哗啦……接着桌子上起了杂乱的响声。

刘强渐渐恍惚起来：

——难道这也是民族革命者们的生活吗？……国家遭了变动，于是一些政治投机者，都应运而出了。

五

天气和前线同样地紧张起来。从西伯利亚来的老北风，像飞沙样刺着人脸。头上的云翳，总是浓重地迷漫着。

山野里的哨兵，蹲避在背风的岩石中，团聚着烤火。他们都在谈着王四麻子编为后备队司令，跟刘强被派到政治部宣传队去种种事情。

炮手们却不管这些，他们只在机灵地守卡子。他们都会背诵口诀，

那是:

"冬守沟口,夏打城。"

气压越来越重,山林间布起雪幔。周围的尖峰,像冰山一样,在黑色的天空的版边上,划刻成锯齿形。

过膝的雪层,填满了沟谷,铺遮了岭巅,掩饰了战壕,换来了一幅幽静悦目的图画。

这图画立刻被西伯利亚狂风撕毁了。它冲锋似的怒吼,蛮横地掀起了雪幔,飞扑着树林、沟壑……波罗叶子呼出悲惨的尖啸;豹子、狼,也嚎起饥寒来了。

马滴亚的哨兵耸肩缩颈躺在苇草里,身上蒙了狗皮或黑熊皮。

"起来!懒家伙们,喝酒了。"孙大个子走进隧道来嚷。

他跺着脚抖去牛皮靰鞡上的雪屑,一手拍着破羊皮大氅。

"从哪里弄来的?——真他妈的冷。"从豹皮褥子里窜出个老赵头。

季伟刚也翻爬起来说:

"老孙你又从哪弄的酒?长官知道,对于你是不体面的。说不定也会让你吃个枪子,像老九那样。"

"老九是为了偷情,咱们弄壶酒喝,又怕屌。"他蹲伏下身子。

"喝。"又起来了一个家伙说,"咱们就是和酒没有仇。季队副,来干一碗。"

"老孙,烫烫吧!"季伟刚指了指墙角的炭火。

炭火在这冷窖样的地道里,觉不到一丝暖气,即使有少许温度,也被湿气吸尽了。

煤油灯的摇闪不定的火焰,照耀着每个喝酒的人的嘴脸。

"……季队副,你平心说说……你是在学堂念透书的人,你说说——"喝了酒的老赵头,总是滔滔不绝地唠叨,"咱们都是命不好吗?整年整月像野兽这么胡混……关里又不打进来,咱们这又何苦呢?"

"操他妈，我干这么二年也够了，混过年去，关里若再不打来，咱们还不如回海南家去吧。"孙大个子悲凄地捧着酒碗。

季伟刚接过碗来，一声不响地呷了一口。他的眉头紧蹙着。

"从汪司令到东宁去，换了这个刘司令，一个铜子的饷也不发……"脸有冻疮的老池抱怨说。

"你们知道吗？傻瓜。刘司令已经捞到三十多斤金子了。"季伟刚悄悄地说。

其实这里只有他们几个人，用不到低微谈论的，可是他们鬼祟地窃语着。

"老九的死，别人都是瞎猜。他是……"他呷了口酒迟钝地说下去，"听说在刘手里，存着很多金子——你们要知道，他是干了二十几年的胡子啦？——他借着题目毙了他，才把靠山升了'大当家'的。"

"那么新来的王四麻子那家伙，也许能吃亏的。"老孙逼视着季伟刚的脸。他手里捧的一碗酒，倾流在苇子里去。

"王四麻子是个穷光蛋。"季伟刚提高了嗓子说。

老池灌了口酒，伸手拉过黑熊皮，遮盖住腿子，斜坐着倾听。

"这些事咱们不管它。我总是想，咱们以后怎么办呢？这穷骨头，埋在'关东山'倒不要紧，没死以前呢？现在我觉着，自己是老了，有心要不干，我一个钱也没剩下。我这么大岁数，巡哨是多么难呀！"老赵头沮丧起来。

他那满刻着皱纹的腮颊，是尖削的，有须的嘴巴也就撅了出来。

"走一步，说一步。一天一天稀里糊涂地混吧！因为你们是有年纪了。可是年轻的人……"季伟刚说着，叹了口气。

"两年了……"老赵头倒下头来。

"我是多么混蛋，干这屁玩意。救国，这么久也不出兵……家里撇下老婆孩子，我的五岁小灵头……"老池仰起红疮脸，将空酒碗用力地掷到芦苇里去。

"闯关东整整十二年了。"老赵头在咀嚼着暮年流浪的味道。

人们又散躺到原来睡的草丛里。不知谁在炭火边唱起《跑珲春》来了。

孙大个子也提起嗓子唱：

一轮明月照九州，
几人欢喜几人愁
……
"跑腿子"漂流在外头。
劝有钱的"磕头"们，
回家走呗！
别在"关东山"，
埋下了老骨头。

季伟刚烦厌地转了个身，点起支烟卷。

外面的暴风，还在锐利地长啸。墙角已响起鼾睡声。

他脚下的老孙，停止了哼唱。不久他在抵御寒气的羊皮大氅下，睡过去了。偶尔他转动下头，呓语似的唧哝几句，终于又响起鼾声来。

季伟刚拉紧了黑熊皮，眼睛瞧着舞散的烟丝。他凝想起他过去的生活……

"伟刚！"叫声冲破了沉静。

他捷速地爬起来，手指掐灭了烟火，匆促地跑向地道口。这举动震醒了老孙，他抓起身侧的枪托，推醒别的伙伴。

"谁！"

"我。"

"刘强——这时你跑来干什么？"季伟刚松了口气说。

"我……我告诉你……"刘强喘吁地走进来，"老张，被抓到军法处去了。"

"哪一个老张？"

"苇子沟我们一块儿来的，一个老实人"。

"为啥？"季伟刚惊慌地问。

"因为抢了镇里的商铺"。

"那是没有什么奇怪的，也不过枪毙。"季伟刚又点了烟，漠然坐到熊皮上。

"这位老疙疸，那又有什么大惊小怪，我们……当是闹出什么大乱子呢！"老孙松弛地放下了枪。

刘强一面呆直地瞅着他们，一面摘下黑狗皮帽子，拍拍毛隙间的雪屑。然后抖了抖肩，使雪粒不至于融化在脖项里。

"你骑马来的吗？"季伟刚望着他穿的"八斤克"毡靴。

"马还在外面。"

"那会冻坏了的，牵到东壕里吧！"

"不，我还想回沙坪镇去。"他失望地说，"没有法子让他出来吗？他是个老实人。后备队的王司令也为这个不安呢！"

"那是没有法子的。只有到沟口那日军防线里去抢，才是例外。"

六

刘强坐在小商铺里，望着对面的军政司令部。他焦急地窥望着，像一个待鼠的贪猫。

门前的岗兵，来往地巡逡着。他打他们腿缝望去瞧不到什么。他的眼里，燃起烦躁的火焰，他不时地碰击着腿骨，头是一动不动地伸长着。

王四麻子呆坐在军法处，摸搓着手掌，在听刘司令的谈话。

"唯吾，你以为……"刘司令用试探的口吻说。

刘司令就坐在关唯吾的对面。他的粗筒形的胖身体，斜倚着木椅子的靠背。他的手在抚摸嘴巴，两眼静静地望向关唯吾。

"毙。——当然是毙，为了军纪。"坐在圆椅上的关唯吾回答。

他那样子很自然。他颤动着翘起的右腿，哔叽裤的褶纹，清晰地在起伏波动。他的浓重的鬓角，带有十八世纪诗人味，——与其说他是军法处长，倒不如说他是艺术家，还妥当些。

"刘司令，真的，他是挺老实的人，我敢担保……"王四麻子的酱紫脸皮沮丧着，他的粗笨的两掌笨拙而急促地相互搓揉着，眼神则流露出恳切的祈求。

"军纪不能破坏。四麻子，你真是个买卖人，慈心怎么那样大。"刘司令丰腴的面颊鄙视地偏了一下。

"就这样吧——我还得到政治部打牌去。"关唯吾耸了耸肩，戴起了狐狸皮帽子，然后贴近了刘司令的耳边，低低地说，"必须得毙！这样会给苇子沟这些家伙一个下马威。——我打牌去了，你们坐着谈吧！"

王四麻子茫然看着他的背影走出了大门。他扭转头瞅向刘司令说：

"你老哥可以赏给我四麻子一个脸，叫他蹲几个月监狱吧！当初还是我，从 H 城带他出来当救国军的……"

"你是不合适干军队的。你不是后备队司令么？这样心软的司令，直像个老太婆。"他又放低了声说，"对待大兵，不能宽厚，你一宽厚，就不受你管了……军纪呀！"

他咧开了嘴唇，露出挂满烟垢的污齿，作了个会意的笑。

"你……"王四麻子窘困地闭住嘴。

一个打扮精干的卫兵，走进了屋。

"报告！犯人提到了。"

刘司令冷酷地望了望王四麻子。

"你去执行还是我去？"

王四麻子酱紫脸变成了惨白。

"那么你到场。我是必定去的,去训训话。"刘司令站起来,给呆立的卫兵使了个眼色。卫兵一声不响地跑了出去。

"回来!"刘司令挺直了肚皮说道,"把前几天那俩抢靰鞡的,也拉出去毙掉。"

然后他冷静地披起狐狸腿斗篷来。斗篷上的水獭皮宽领子很合适的于他粗胖脖项。在斗篷下的指挥刀,露了长圆形的刀鞘。

——混沌的年头。一个孝子被毙了。——王四麻子骑上大红马想。

街道上,风一阵阵翻卷过来,锐锋地削刮着他的面孔。被风扬起的雪粒,冰砂似的落满肩头。

在街旁他发现了刘强。他向他丧惘地摇了摇头,闪过去。

作为刑场的深渠,积满了雪层。寒酷的老北风,撒野地扑过来。雪沙沿了地面的雪流,依了风的方向,而移动翻滚着。急剧的风啸,凄惨地嚎呼着,人们则萎缩地低了头。

"操你血……抢双靰鞡也毙,我知道你刘子章……你们穿……我们就该死。"一个毛发蓬蓬的汉子在叫骂。

另一个满脸污垢的家伙,垂下了头,像是瞅他脚下的"木狗子"。

在他后面的老张坚硬的腮骨,已吓昏而呆呆的了,样子极像待屠的绵羊。

王四麻子从皮袖筒里伸出手来,跑到他面前。

"老张你……别埋怨我……"他的嘴角,哆嗦起来了。

乓——旁边吵骂的汉子,痉挛地栽倒下去。

"躲开吧——四麻子。"刘司令在后面叫。

乓——另一个反滚到沟渠里。

王四麻子痴惘地弯伏在老张膝前,他止不住地战抖起来。

"我……我害了你……"

"哎——"老张哭了起来,陡然抱住了四麻子的毡靴。

他在雪地上不住地翻滚。烈风掀起了他的衣角,他像被击碎了头的长蛇，挣扎地滚动着。一切都跳出了他的欲望，他只希求生命的延长。

"王大哥……你救救我……"他颤哑着嗓子哀叫。

他的狗皮帽子已被风吹向远方。他的蓬乱毛发滚满了雪渍。他的泪水溶调着泥雪。涎沫在扯开的嘴角成串挂下来。

"王大哥……我二十一岁闯关东，十三年没有回海南家了……我半年多没有给老娘汇钱……我才想起了抢……"

王四麻子的心窍好似受了尖针的刺锥。他的酱紫色脸突然变得苍黄。他的舌根僵硬了，腿不停地颤栗起来。

老北风旋转地翻舞，老北风的怒吼淹没了一切声浪。雪沙激烈地击打，像是些铁砂豆。老张在疯狂执拗地翻滚，有如泥泞里的蚯蚓。

"干什么？你这个大笨种。"刘司令跑过来。

他向老张的两手暴怒地飞踢过来。老张又很快地抱紧他的靴筒。那像将被水淹没的人，抓到了飘木。

"刘司令……开恩吧……"他在风哨里提高了沙哑嗓子，"……我老娘，还等我养活呢……十三年没有见面！……"

"撒手……放开。"刘司令瞪圆了眼睛。

"你……司令不开恩……我不……"

"撒手……"

但刘司令的腿还是紧紧被扣住。刘司令狠狠地用手去分开，然而坚固的手腕，像铁样的坚牢。刘司令有些发慌……

乓——他拔了枪，向他的脑骨射去。

老张的头垂贴了地皮，流出的黑紫血液在雪地上凝住。

"这块货，真可恶。"刘司令披起了手枪说。

"……我先回去了。"王四麻子嗒丧着脸。

"去吧……买卖人。"刘司令又踢了下冻僵的尸体说，"掷到沟里去。"……有能力到日军防线抢……为了救国，我们应该受冻受饿，甚至于比冻饿更大的苦，直到复兴……

王四麻子凄伤地骑上马，背后的风带来了刘司令的训话。

他默默地走回了后备队。

老于两手支着嘴巴，懊恼地静坐在炉旁。炉火烘烘地燃烧着，从炉口常常窜出火焰，伸舐着铁桶。

壁柱上挂着的油灯，跳闪着火头。

"老于——我不能干这玩意，这是欺负咱们苇子沟来的人。"王四麻子缓慢地走进来。

他的酱紫脸还是那么沉丧。他静哑地坐上了刺楸木床。

"杀干净日本子，再和他们算账。他妈的不许抢，我真想带领伙计们，包围起军政部来。"老于愤懑地摸着圈腮胡子。

"平心说，枪毙是应该的。可是老张是个孝子……我弄不明白，到底是救国还是顾家。唉！我是靠着算盘子吃饭的人。干这个，我外行。"

"也得救国也得顾家……咱们没有兵饷，又不许抢，这是欺负咱们苇子沟的人。"

但是老于几句话是不会舒散王四麻子的忧悒的，他还兀自在想——我是靠算盘子吃饭的人，回到关里去吧！……我自己在这里，也许被枪毙，这是拿着人命开玩笑的……危险地方。

在苇子沟时，王四麻子也从没有过那样情绪。他现在甚至想到了死。他静默地按住头，眼睛瞅着地板上的黑影——我回到关里，也还能做买卖。关里有青岛、烟台，还有北京……都是能混吃混喝的好码头。

于是他又想到了他的房产——等到癸酉年末吧！我要看看这日头，到底落还是不落。

七

据侦探队报告，日军确实逼进来了。

第一道防线，原有的炮手团，都一律地翻穿起羊皮袄，皮帽和靴鞡则加套了白布罩。调来的后备队兵士是穿了保护色帆布衣套，在雪谷里走动，雪后就溶化了辨认的视线。他们简直像是雪人，又像是散乱的山羊。

炮手团的关团长，是个粗壮的汉子。米黄色的脸上，有着深陷的两眼，嘴唇上的胡须，是些鬃红色的。他蹲伏在一株北雪淹没的树旁，抽着卷烟。他在抽完一口时，就把烟卷缩进袖口里，遮挡了火光。他怕这火引起敌人的注意。

"于队长，你的后备队得管束严一些。别乱放枪，看我的手势……"他对老于瞥了一下。

"那是一定能听关团长指挥啦！可是这些野伙计，是他妈的真难管。"老于的声音从石岩下传来。他卧在石岩间，实在像一堆积雪。

"你知道，打日本得和马尾套雀一样的小心。你不，很容易惊飞了。若是打高丽红党得像防野猪一样，他们会乱冲乱闯的。"

他掷了烟头，站将起来，朝前方探望。

雪霭挂围在峰巅，像是墨涂的古画，一层深一层浅地描满了。四周冷寂而寒栗。

他的鼻尖，僵冻得酸痛起来，眼睛冻得滴下了泪。他嘴里吐出的热气，在胡梢间凝结成了冰屑。

"口令！"他凝视着跑来的黑马。

"急——"

"是四麻子呀！"老于爬了起来，打招呼。

"我告诉你，老于，刘司令说，得服从炮手团的指挥，若是不听，就会和老张一样办。"

王四麻子说完立刻给马加了一鞭,想奔回原路去。

"换匹白马,伙计。这匹黑马是能老远就惹人注意的。知道吗?"关团长站在他马侧说。

"唔——疏忽了。谢谢你……"王四麻子匆促地跑回二道防线去了。

接续跑来一匹白马——是季伟刚从北防线来。

"什么消息?"关团长转向他问。

"哨兵报告,日军快到沟口了,并且这次不同去年冬天那样来围攻。大概他们是一路总攻呢?"

季伟刚的羊皮大氅的卷毛上夹有黑点。马在低了头,闻嗅雪屑。

关团长扶了马镫,向季伟刚低声说:"你的哨兵,散布在沟北。别让他们动枪,让日军尽量地进,一切都和去年一样。……"

"是。"季伟刚扯动了马缰,马弯转了脖子,掉回身躯,向原路奔回。

"你到沟南去,预先让弟兄们散伏起来,你们不许放枪,在对崖季队副没射击以前,绝不许动枪。记住。"关团长拍了下老于。

"日军和咱们干,咱们装傻吗?"老于用手捧了捧圈腮胡上挂垂着的冰柱。

"你不知道什么。告诉你怎么干,你就怎么干。"关团长换了严厉的口气,又加一句:"快去!"

老于在雪谷间召集了后备队,夜鼠一样跑动起来。靴鞡践踏着雪层,发出吱吱的微声。

夜色更加深了。一片雪幔,衬托着浓墨似的云雾。

咭咭咭……前方响起了机关枪,激盈着整个空谷。

吱——关团长两手捏了嘴,用两年前打豹子时的叫啸,发下卧倒的号令。

坡下的炮手们便一起倒下了身子。他们的胸腹紧贴着雪崖,眼睛却向外瞭望。他们的快枪，已拧开了机钮。

足足有半个钟头，机关枪方才停顿了射击，峰上笼罩起烟雾，像飘云在舞动，又像朝雾在迷漫。

关团长安静地盯视着，两手遮挡住冻僵的鼻子。

对面二百米远光景的山尖，逐渐蠕动起黑影来，像白纸面爬动的黑蚁。

关团长老练地静视着，脸上没一些恐慌的影子。他已经是颗战场上摩擦出来的圆滑而又顽固的石头了，他蹲伏在树根下，像只贪食的狡狐。

别的炮手们也是同样的沉静。每人的眼睛都尖突地探视。在"小帽耳"间的耳朵，则听关团长的信号。

日军爬过了山岭，在山根脚下止住了步。披了斗篷在马上的军官，擎起望远镜，向周遭窥望。

关团长迟慢地挪了挪枪。他闭眯起一只眼睛，从容而熟练地瞄着"准头"。食指慢慢地伸进"护机圈"了。

但那军官犹豫地挥了挥手，又奔向南面的山峰去了。

"呿——"关团长轻细地透出口气。

他冻红了的脸上，稍微透出了点笑容。他沉静地爬起来，重新瞭望敌人的举动。

白毛熊似的炮手都深深地吸了口气。几个手被冻僵的人，放下枪，将手伸进胸口里取暖。他们的嘴巴都缩进皮领去。

"该是时候了，又他妈飞啦！"他们在心急地想。

四周没有一丝声息，像是处在真空的境域里，日军的一切活动，全都在个人视线里映现，人们被这真空的境域，压缩得什么都不存在似的，除视线以外，任什么都不存在。

日军爬到了岭峰，机关枪突然重复地响起来了，直如暴雨敲打着夜间的铁筒。子弹向岭下的黑漆树丛扑射。

——我知道这些滑蛋们,不敢再前进了,鬼头鬼脑的东西。——关团长得意地瞭望着。

日军放了一通枪,惘然起来了。那个军官还在窥望。

——鬼东西引不出枪声来……向黑地方打吧!关团长傲慢地袖了手。他忘记了红肿鼻骨的酸痛,他只醉心于自己的战略。

他瞅出日军又重复爬下了那山坡。

二百米突前,重闪出了那军官的影子。关团长立刻卧伏下身躯,枪紧贴在他的眼角。日本军官的马,已经掉回了头。关团长是那么安静地,像打豹子时一样,瞄正了准头。

乓——军官应声而倒。

乓——从雪沟里也射出了子弹。

一个跪倒的机关枪射击手就痉挛地挂偏下头。

关团长静瞅着日军的惶恐,按住了枪头。

周围恢复了沉静。对面的敌人在迟疑地探索。另一个射击手,在安置机关枪。

乓——又是稳当而准确的一枪。

于是日兵惊慌了。

乓——

乓——

乓……

缓慢地一枪一枪地交响起来了。

吱——关团长下了包围的号令。

日军惊惧地纷乱地跑动,军官的空身马,奔跑向林丛……沟谷间,随处滚动着日军的尸体。

炮手们纷纷跳出了雪谷,像追击受伤的野兽似的飞跑着。

乓……砰……在沟口的夹沟里,枪声扩大了范围。

"操他妈的,痛快打呀!这回报报苇子沟的仇。……"老于几乎裂了肺叶似的嚷。

后备队疯狂地涌过去。混乱的白色人群，奇声怪嗓地呼哨起来。浓密的烟幕，撒下了保护网。

吱——

追击兵们，立住了脚。

"……一架机关枪……"杨庆咧起了嘴角喊。

欣喜的情绪，使他狂跳。他抖动着肩膀，做起鬼脸，胡乱地哼叫着。

"关团长……你真能……"老于兴奋地说，"我这是头一次……我真乐坏了，不知道说什么好。"

季伟刚早已明令哨兵们寻找枪支及子弹箱。有一些兵士，在剥尸体的军衣。

"弟兄们！"关团长向炮手们说，"我们出了头道防线半里多了。现在回去。"

他的挂有冰屑的胡须，已经僵直了。他高兴地颤动着嘴巴，须间的冰屑就摇了起来。

"三个受伤弟兄。"季伟刚立在他身侧说。

"三个吗？有穿皮袄的没有？"他问。

"没有炮手团的，都是些套白帆布的。"

"那么这一定是哨兵……"他扭过了头说，"于队长，你的救护班呢？"

"伙计，你们带来的担架床呢？"老于对在抚摸机关枪的杨庆问。

"……扔到沟里去了……光他妈赶日本子……忘了带，我去拿去。"他跑了开去。

"我的在这里。"郑老二从雪沟里拉出一个担架床。

"抬去！"关团长的僵直胡须又甩动了下。然后向老于说：

"于队长，你训练得太……这样作战是不行的。你老实了，做长官得厉害点,当弟兄的才能服,我在两年前,也像你……后来刘司令告诉了我……你得厉害些,你的弟兄太不中用了。"

"我真不好意思……干这屌玩意。"老于习惯地摸索着圈腮胡子,那上面的冰柱,还很坚硬地垂挂着。

"十四支金钩枪,一架轻机枪,二十一个子弹箱。"季伟刚检点着战利品。

"这里还有三杆枪。"老池递了过来说。

"这些东西是扫炮手团的——你们哨兵可以剥敌人的衣裳穿。我和刘司令说,每人赏一双新靰鞡。"关团长用袖筒握起鼻嘴。

季伟刚斜睨了他一下,转身走去。老于在招集后备队兵士。

被践踏了的白雪,混淆地印满着脚迹。雪层里遗留下赤裸的尸体,那已是冻成僵直了的。血流在胸膛或头侧凝结成紫块。

"哎……妈……"受伤的在担架床上呻吟着,白帆布套外衣,涂满血垢。

"哽……那是个日本兵尸首吗?"第二架担床经过时,受伤的睁开浑浊的眼睛。

"对了。"杨庆还在咧歪着嘴。

"……活该!光溜溜的……叫老家……的老娘哭去吧……"受伤的奄奄一息地说。

"他妈的,今天给苇子沟伙计报了仇。"杨庆兴奋地说。

"哽——"

"怎么……死了吗?"他们放下了抬床,郑老二摸了摸受伤的嘴——

"掷到沟里吧!……咱们这伙计死了。"

八

东山的雪翳放出了鲜蓝色,山野是一片沉寂。寒林里的树鸡将头缩进了翅膀里，呆栖在雪枝上，像在凄叹寒冬的冷酷。雪渠里的野雏，在搜寻草种疾驰着。

披了羊皮大氅的老孙，从雪径上跑到壕道的进口，焦急地叫着：

"季队副，快来呀！有高丽红党从沟岔路过。"

"真的吗？"

"可不是真的怎么。快点，他们是抢劫了日军的机关枪，往分水岭那边跑。"他特别将"机关枪"的音阶提高，还补充了一句，"他们是捡洋捞，捡抢咱们昨晚打散了的日军的破烂，还得了十多支金钩枪。"

"快——快——老赵头，老池，快——"季伟刚从隧道里爬出来。

"喂！套上白帆布衣裳。"他又扭回头，向沟壕里嚷。

"我给炮手团送信去。"老孙的个头矮了下去，他的嘴巴缩进了皮领。

"我们自己去打，别让炮手团知道。没那么便宜的。昨晚上我们辛苦了半天，一架机关枪还没捞到呢！"

"咱们几个人怕收拾不了。"

"有多少人？"

"十几个。"

"快点吧！我们先到分水岭岔道等着，他们一定能被截住。"

季伟刚提了提皮领，遮蔽住刺脸的晨风，转向东壕牵马的老池。

"不用鞍子，快点。"老孙向老赵头说。

"去你们三个人就行，其余的预备换防。"

季伟刚骑上匹白马。那马雄赳赳地摇甩着尾巴，翻动着颈鬃。他在它腋下踢了几脚，马就在雪层里奔腾起来。

"快——快——"他在最前面嚷。

他大氅上皮领的卷毛，接受了他嘴里呼出的热气，在毛隙间结了一层浮霜。他的野狸皮帽的前耳垂俯到他的眉毛上，随了马背的起伏，帽耳一靠一离地扇动着。

极度的快感使他加强了抵御寒风的力量。他终天的苦恼都消化在这欢欣里。

——别人都发财了。刘司令弄到手金子,有三十斤。就是自己,三百元的小数,都捞不到手。我的青春就卖不到三百元。……有了三百元,我就能赎出小香来,不能叫她在妓馆里……这一回最好能从红党手里夺过来那架机关枪……

"到了。"老孙的喊声斩断了季伟刚的沉思。

"静一些。"他跳下了马。

在一个雪渠里,他们给马缠了拌锁。然后沿了沟崖,拐转了身躯。

厚雪浮满了深谷,在狭窄的山涧中,向分水岭伸长开去。季伟刚在积满雪屑的岩石下潜伏着身子。

老赵头则贴附到树旁。他那稀须,冻结着冰球,眼眶下垂流着冰条。他的腮骨急剧地抖索起来,浑身冷颤,像在发疟疾。

他那枪托后面,卧跪着老孙。他的饥饿似的眼光,紧盯视着雪涧深处。

"快——这些坏蛋走上了前面的小岭。"季伟刚的眼锋凶狠地逼视着土岗,奔跑过去。

乓!脸上冻有红疮的老池,奔跑中放了一枪。

"谁叫你放……"季伟刚扭了扭头。

乓!乓!老孙已经卧倒在土岗下射击了。

季伟刚止住了狂跑,在雪崖里跪伏下去。

乓……土岗上开始了对射。

季伟刚瞅见抬了机关枪的两人,向土岗背面跑过去。另外的三个包了头的朝鲜青年则卧伏着回枪。

他急促地扳动了枪机,射向他的目标。

"打中一个。"红冻着脸的老池,跳跃起来,向滚下岗的受伤者跑去。

"冲！"季伟刚激烈地叫了一声。

老孙飞扑似的跑去。而老池却和受伤的朝鲜青年肉搏起来了。

"追呀！不能让他们在咱们这一亩三分地捡洋捞！机关枪……是我们的。"季伟刚的眼睛像在冒火。

雄厚的积雪，似乎和他作对似的，绊陷着他的靴鞡。他几乎被滑倒了，倒退下来，终于又爬上了岗顶。

"追，追，眼巴巴机关枪就要到手了。"他拼命似的喊。

"追个鬼！"老孙在岗下立住了脚。

季伟刚奔了下来，懊丧地巡视着。岗下的分水岭河流，已盖覆了雪被。那上面印有丛杂的足迹，直拉到对面的涧谷，那踪迹被山脚遮住了。

四围除了林丛的叫啸，听不到其他的声响。银白的雪帏，纯净地铺展了所有的山峰、沟谷……以及无际的远方。

酷烈的风，吹刺着每人的腮颊。他们的头顶热气腾腾，像打开屉的蒸笼一样。他们的手，起了僵硬的裂口，指甲被剖似的酸痛。

"……唉！本来是咱们的机关枪……"

季伟刚怅惘地用腋窝夹了枪，两手缩进了袖筒。冰凉的手掌，触到胳膊的温度，引起了寒噤。他奔回土岗，腿在酸麻地颤栗。

"老赵头和老池捉住了人没有？"

"对了。他俩一定捉住一个。"老孙缩紧着脖项说。

爬回了土岗，他俩看到老池在打那受伤者。

"喂！别打他，还领赏呢！"季伟刚跑到了近前说。

"你会说中国话不？"

"会不会，有什么关系。"那俘虏斜眨了季伟刚一眼。

俘虏的眼角在紧缩，显然是忍着伤痛。他的腿跛着。被季伟刚扯了起来。在他耳下，流着一丝丝的血，冻结在腭骨旁边。饥瘦的腮颊，呈现着无限的愤怒。

"这块货，费了老半天劲，才捆起来，"老池喘吁地说，"他还想抢回去这棵金钩枪呢！"

"架着他。你们他妈真大胆，跑到我们这块地盘上来捡洋捞呀！拿机关枪来赎吧！"季伟刚吩咐老孙。

他骂咧咧地拾起了金钩枪，得意地缩了缩嘴角："好在没有白白吃累，到底夺回来一支枪——再搜搜他！"

老孙翻动俘虏的皮袍，在每个裂洞中，他都仔细地搜摸过。老池则解了他的缠头巾。

他木头似的呆立着，眼光里贮有刚毅的闪光。起棱的腮骨，现出坚决的样子。

"又是传单。"老池从白围巾里扯出了油印的纸卷。

季伟刚奸狡地瞅了瞅他说："这东西，真凶，你看他这个样子，倒不怕死呢！"

"回防线去吧！"老孙面向着季伟刚。

"……老赵头呢？"他惊疑地瞅了瞅四周，"你俩快去找找他。"

季伟刚的眼光送走了他俩，就换了个和悦的口调，对被俘的青年说，"你为什么干邪道？这么硬实的青年。"

那小伙子没有回答。

"我知道你是被他们逼迫的……可惜你多年轻……"

他和他并肩走，他扯住捆缚他的麻绳。

那小伙子，还是闭紧了嘴。

"你从前干些什么？我猜出你一定是个很守本分的人。"用了更柔和的调子问。

那小伙子依旧缄默着。

"你为什么不说话？"是羞恼地问了。

那小伙子镇静得像正在瞅远方的山脉。

"我可以想法子放了你。"

那小伙子似乎受了感动，可是仍旧没有回答。他偏了偏头，用疑惑的眼光瞅了瞅季伟刚。

"可是你必须答应我一件事情，就是得拿出三百元钱，我可以不上报。"季伟刚逼近了一步说。

他直瞅那小伙子的两眼，而从对方两眼表达出来的，仍是沉默。

"那么再少点，二百五十元，也可以。"

然而那俘虏还是沉默地拖着腿，面颊像是铅铸的，既不愉快，又不愁苦。不过他的突出的腮骨，却更坚定。被冻红的鼻梁，像已浮肿。

季伟刚搀扶着他的膀臂，头扭向他说：

"那么……二百元，你知道我是可怜你这个小子。我知道你本来是个好人，所以……可是这二百元是给我们别的弟兄的，并不是我自己要。"

始终没有回答。这使季伟刚激怒了。他认为这是侮辱。隔了些时候，他突然向那俘虏踢了一脚。那俘虏猛地被摔进雪渠里去了。

"你这个傻瓜，你他妈的是哑巴？跑到我们这捡洋捞！你他妈的还'弥勒佛打飞脚'，摆个胖架子。"季伟刚粗野地向他腿上猛踢，像要把受了的侮蔑，从他身上找补赏。

"噢！老头冻死了。"老孙从很远的雪涧跑了过来。

"怎么会冻死了？"季伟刚停止了动作。

"都他妈冻硬了，身子弯得像个大虾。"老孙高声嚷。

老池从后面跑来，手里抱着衣裳。

"老赵头死了。队副，这棉袄我套了穿，很合适呢！"

"你把他剥光了……"

"没光，他身上穿着破小褂，埋掉了！"

"为你这块货，冻死一个兄弟。"季伟刚给了那俘虏一个结实的巴掌。

九

季伟刚从小香"下处"出来后，到政治部的宣传队去找刘强。

刘强正在暖烘烘的屋里工作。挽翻了袖口，拿着胶轴滚子，在油印机上滚动。

"刘强你是多么高兴，干这种行当呵。"季伟刚进来说。

"是老季吗！你是来办伙食的吗？好些日子我们没见面了。"刘强放下那只按住纱布框的手，脸上露出高兴的表情，招呼着。

"我是送'差'来的。我带领弟兄，抓住个高丽红党。"他在言语之间表示着夸耀。

在靠近"Bielike（俄国土语，火炉）"的床上，他坐下，掏出烟卷。

"北防线也抓住几个呢！听说是他们越过了防线，来扰惑军心。"刘强说，洗过了手，在墙角的绳上扯下毛巾揩去了水，就坐到季伟刚身旁。

"北防线也弄到了枪了么？至少能弄些火药。"季伟刚瞪起探询的目光。

"什么也没弄到。"刘强回答，同时觉得一阵寒冽，像是靠近了冰块，——季伟刚那皮袍上有冷气袭来，"脱了他吧！"

"不，我还想回去。"季伟刚悠闲地喷出烟圈。

"你可以陪我谈一谈，我在这里真觉得孤零，健立他们，整夜不回来。我不知道他们干些什么。就这样算是做救国工作吗？"

"你是新来，所以还认真。"季伟刚嘴角上皱起几条细的纵纹——"他们像你这样，干了一年多，终于是厌烦起来了。这又有什么意思呢？……两年了，很快地两年过去了。关里总是不出兵，什么消息也没有，都使人失望了。我们也只能靠着高粱做掩护，夏季去攻打一两回城镇。抢些弹药回来预备过冬罢了。"

"但在我看来，炮手团可真能干呢。……哦哦，你所说的苦恼，那么就也为了这个吗？"刘强瞧着他的腮骨问。

"你感觉不出来吗？"他安静地吐出烟来。

"不，我恰恰相反，我是高兴的。"刘强微笑着。

"你不过是新来的……"季伟刚还是那么静静的一句。

"不，你不要这样说。对于一个人，你是不能随便地给下断语的。"刘强微怒争辩，"只要我不从回忆里，把苦恼找寻出来，只要我肯实实在在地干下去，我确实没有什么苦恼。"

"你没有别的欲望吗？"季伟刚随意地问。

"欲望当然有。只要是个活人，一切动作全是依靠欲望的。人的生命，人的血，都全靠欲望这把火，来燃烧它。便是人一直到吐出最后一口气时，他还是有他的欲望。"刘强的神气渐显得激昂了。

"那么你有什么欲望？"季伟刚用老成的口吻说。

"我当然不能例外，也是……"

"不是。我是说你除了国家以外，对于你本身的将来，有什么欲望？自然这也可以说是私欲了。"

"我还谈不到私欲。"刘强摇了下头。

"那么你是木头了。"季伟刚藐视地一笑。

"但这是什么意思呢？"

"没有什么。就是说你对于处理本身的将来，都那么渺茫，你还不是同木头被建筑师摆布一样么？你就被环境，不只是环境……总之，你是被别人调弄的材料。"

"那么你的私欲又是什么呢？"刘强马上来了个反攻。

"钱。"他抖动起交叉的腿子，很自然地吹出一缕烟。

"我也有私欲，但是学识。"

"哈……"他嘲弄似的笑了，慢慢地扭偏了头，"你又生出欲望来了。"

刘强涨红了脸，羞赧而狼狈地说："这没有什么可笑的……"

"当然！当然！你还得要知道，在你欲望不满足的时候，苦恼就会光临到你头上，"季伟刚的口气，带有交际家的谦虚。

"不过我的欲望，在现在这种情形下……我根本不让它满足。"刘强软下来了。

"有了欲望，就像是有了个洞，而这洞是必须拿东西去注满的，倘若不能的话，它永远是个洞……洞使你感到空虚，使你苦恼。"

在他们这样辩论中，刘强是几乎成了被攻击的目标。于是他换了个决然的调子说："你弄错了。我所说的私欲，现在它不愿抬起头来，而我唯一的欲望，是将失去的土地捞回到自己的手里。"

"哈……那么你又没有欲望了。"

"总之我没有苦恼。"刘强又加了一句，"我不愿苦恼！"

"那么你现在是满意喽，关于你的工作。"季伟刚掷弃了烟蒂，跷起脚，踏灭了烟火。

"对了，满意。"

"当然你满意了。别的人在前线上受冻受饿，说不定会吃个枪子，而你是在这么暖和屋子里，写写，印印……"季伟刚伸张着两手，向四周挥动着说。

"我是被派来的，并不是怕死。你要知道，在苇子沟我也一样打过前敌。"刘强感到羞恼了。

"刘强，我不是和你开玩笑，自己应该开辟一条路。我这样过了两年，现在才知道我是混蛋，整个的混蛋。唯吾老师，发财了！刘司令，发财了！从前的汪司令，现在跑到东宁去，也发财了！……同学们都塞满了腰包，只有我……我还是个我。"

他烦闷地弯下腰去。他的两手，在按摸着膝盖，眼睛像在瞧着布纹。

"真的。"他重新直起了腰背。——"我是傻瓜。炮手团这些家伙，比我更傻。他们只知道要枪……我们满洲人，不及你们山东人智慧。"

"我敢发誓,我从干这个起,从来没有想到钱。"刘强咬紧牙骨说。

"你不要以为我是向你借钱。"

"这是什么话?"刘强扭过头来问。

"我来求你帮一些忙。"季伟刚奸狡地瞅着他的朋友。

"什么?"刘强惊疑地扭转了身子。

"我们是老同学,你一定能替我办。"季伟刚慢吞吞地说。

"什么呀?"

"这是机密的事情。"他贴近了他,低声说下去,"给我卖一支金钩枪。"

"这是什么事情?"刘强呆视着他的眼锋。

"后备队能买,你是和四麻子很好的。你不明白,有枪就能扩充势力。……"

"他没有钱。"刘强晃了晃头。

"很便宜,给二十元钱就行。我也是替朋友帮忙。枪是很好的,倘若我有钱,我一定留在队里的。"

"我可以给你问问。"

"好吧!谢谢你。"季伟刚戴起野狸子皮帽,站立起来。

"你不可以再谈些时候吗?"

"不,我白天还没有睡觉,晚上必须值班的。最要紧,托你帮帮忙。"

刘强呆疑地目送着他的背影远去,之后就翻倒在床上,回味着他们间的谈话。他渐渐陷进渺茫的深渊里。他用手摸着脸上消瘦的颧骨。他隐隐地深思下去,——是的,我自己有欲望。我需要学识的喂养。……同事们都打牌。郎老师是个很好的人,却又跑到海参崴……这里……

他感到不宁,翻侧了身体。眼睛注视着凹凸不平的墙壁,那上面涂满了臭虫血渍。

"那么像这样的,就是救国吗?"他小声地自语,"……谁都发财了,可是前线的兵士呢,死的死,伤的伤……全是为了国家……关里,关里为什么不打进来呢?可还不是发财去,打牌的打牌去……这真是玩些什么把戏呀?"

突然他从床上爬下。

"我傻,我傻,我太傻了,这不是在硬找苦恼吗?"他突然从感情中找回自己。"干!只有硬干,才能解决一切的踌躇。"

他走到案子旁,站定抄起了油滚轴,灵活地在油板上滚动。

"袖子没有挽,真迷晕了。"他斥责着自己。

他翘起手指,挽上了袖口,继续地印。蜡纸在纱布后裂开了缝隙,他还在盲目地印。

字迹模糊的白纸,一页页地翻展开来。他暴怒地掷下了油滚轴。

"他妈的骗人!"他充满了血丝的眼睛,盯视着模糊的字迹:

"……忠勇兵士协同炮手团,于前夜将敌军全队击毙……百余人;吾方一无伤亡……"

另一角是……"中央军已派人至东宁,与孔副司令会见……闻即将出发关外……"

这是关唯吾所说的话,由他抄印了下来的。

"对的,这是抓住士兵们心理,这不是骗……"他又记起关唯吾的话来。

"发财了,真的么?关唯吾发财了。"他脑页上又突然闪出季伟刚的话来。

他猛烈地将案子敲了一拳,嘴里愤恨地说:"人生就是个哑谜,在猜不到这谜底时候,是苦痛的——我承认,我现在是在苦恼里挣扎着。"

他的上唇,紧紧地被下列的口齿咬住。他木鸡似的立着。

一〇

刘强在床上侧身倒下。他的忧郁的眼光，默望着破烂的军服和地下的碎纸。他将头枕在抹满污油的棉被上。那被子是够脏的了。从那变为深黑的衬单上看，至少从夏天起，就没有洗过一水的。

他平静地转过身，眼光挪移到 Bielieki 上。激烈的浓火，发出示威似的轰响。

——不到前线的人们，反而享受着温暖的火。在前线的哨兵，反而没有结实的御寒的东西。就这样把注满智慧的青春，昏昏沉沉地送掉吗？我解剖不开这人生，原因是我学识贫乏的缘故罢。……

他不再继续地想了。但他的心仍旧波涛似的不宁静。他不能够安睡下去。最初他闭上眼睛，努力使自己默默来抑止内心的不宁。接着他又把眼睛注视着油灯，企图在长久的静视后会给予他疲劳，因而渐渐入睡，但是他都失败了。纷杂的情绪，把他注视着的灯光，也捣毁似的在颤颤摇动了。

——关里的军队，真的不能打出关外来吗？……哨兵们可怜地被冻毙，被敌人杀死，被自己杀死。……

立刻，他的脑页里映出了老张的阴影。但很快地转换到季伟刚。

他证实了自己确是在烦恼。他感到自己的精神，遭受无限的威胁。他给自己警告：这样是会颓唐下去的！可是这百无聊赖的思线，还是重新伸展开去。

——……发财的发财了。……冻毙的冻毙了。

"总之！"他突然爬了起来，"我需要学识这把钥匙，来开开这人生的门。"他自己下了句断语。

他想找别人谈一谈，那样，他也许能清醒些，至少他能撒开烦恼。他瞅了下周围的床位，依然是冷静地空着。他们终夜到哪去了呢？他不知道，然而他断定绝不是到前线去。这只要看着他们没有穿去的靴鞍，就知道是在镇里。

他从床角的乱纸里，扯出羊皮袍子来披了。为着遮蔽雪屑，他将皮袍围盖着头。皮袍的袖筒，就垂下在他耳旁。他跑了出去。

稻米形的雪粒，在撒野的暴风中，翻腾地落下来。猖狂的呼哨，带来了猛烈的寒冷。

他冲着风，跑进了灯光辉煌的"吉林省公署筹备委员会"。

"呵——这个冷。"他打了个寒噤。

"你怎么还没睡？"是琬玲的娇音。

"这是个本分人呢！整天地干。"立在她身后的关唯吾替她整理抓来的牌。

他和他们打着招呼，在一张小桌上放下皮袍子。

他们起初是互称同志的，现在因为熟悉了，他们换了打趣的口吻。

"候补县长，你也来凑热闹吗？"他对戴"克罗克斯"眼镜的人说。这人是吉林省公署筹委会的委员，又是将来的 H 县县长。

"输了输了……""候补县长"骄傲地笑了笑。

——哨兵们拿出许多的性命，给他买县长，而他……刘强又瞥了琬玲一眼！——她呢！不在伤兵院，竟跑到这里来卖俏。

他不愿用话语打破他们的兴趣，使他们讨厌。他默然地站在健立背后，怕人窥出似的偷视着琬玲。他想——不是学校里的她了。

虽然她看来是比从前漂亮而又柔媚了。

她的乳白的嫩臂，赤露在蓝色背心外，熨帖得鼓蓬蓬的，是颤动的乳峰。细致的长睫毛下，滚动有明亮的眼睛。绵软的美发，很动人地散披在项后。

他不时地盯视着她。他没有听到清脆的牌声，而他们也没有察觉他的心情。

他忘记了来到这里的动机。他回忆着、咀嚼着，她在学校时赐给他的柔情了。……

忽然有细柔的长指,从她鬓角旁伸来,轻软地摸弄着她的娇腮。他看出指和腮接触之间,蕴藏有无限的深意。他微仰了头,瞅到她后面的关唯吾。

关唯吾嘴里含着烟卷,两手还在好像无意似的抚摸她的秀颊。

"别打它,打'二条'。"关唯吾的嘴巴垂压到她的发上了。

她的柔指打出了那条"二条"了。手指上的宝石戒指在刘强眼前闪耀出晶芒。

他像呆痴似的瞅着她,但他那弯曲了腰的样子像是在瞅健立的牌。

"给我棵烟!"她对他轻轻瞟了下。

他困窘地挪动了目光,心窍激越地收缩起来。

但关唯吾已经送了棵烟到她那薄红唇前。关唯吾的另一只手使她的面颊偏动了一下。她用弧线的唇接受了关唯吾的烟,手还是弄着牌,眼睛也始终射在牌上。

刘强却在偷偷回味她那一瞥。他觉到那是蓄有异样的情趣的。——可惜她不是以前的她了。

另一个局面,吸引了他的注意——……三张"发财",两张"红中","对子和"的"满贯"呀!……他心里惊奇地叫。

这时他用全部的注意,瞅着健立的牌。白润的方骨上,刻有纯红纯绿的丝纹。

"碰!"健立抓起了"八饼"。

刘强热心地注视着。每当一张牌打出,都似乎扯系着他的心。他紧紧逼视着排到的方骨牌——只要"红中"或"南风"到来,就和了。他像在前线一样的紧张。他企望出现一颗同样的牌,尤其是"红中"。

"好!这一颗真有劲。"关唯吾叫了起来。琬玲很快地将牌放倒。

"真……这牌'满贯'……"刘强惋惜地说。

"你打不?我可以让给你。"琬玲向他微笑着说。

边陲线上　125

"不打。"他摇了摇头。他的手开始摸索起他的空袋来。他注视每人手下的金票。

"从前我也不得意打这玩意,我最得意看电影。"她一边洗牌一边说。

"……两年没有看戏了。""候补县长"挺了挺胸脯,懒懒地说。

"生活总是这样无聊。"关唯吾的下颚紧紧压住琬玲的头发。

"无聊,无聊……"她的脸偏向刘强。

"你们打下去吧!我……走了。"他急忙披了皮袍说。

"怎么老弟这样忙?""候补县长"正了正眼镜。

"睡觉去。"他走了出来。

然而他没有回到自己屋去,他跑向紧对大门的后备队

"口令!"门岗问。

"护——"

他走进了王四麻子的寝室。

屋里没有人影:只一堆燃烧的炉火,一个昏暗的煤油灯。

"谁?"一个兵士走了进来。

"找你们王司令。"他松懈地躺倒在床上。

"等一会儿,他准能回来。许是发生什么事情,他平常是早已睡觉了。"兵士蹲到炉火旁,调弄起火来。

——许多的工作,等待我干,我却跑到他们罪窟里去……危险。刘强沮丧着脸,痛恨自己刚才的一番留恋,他感到自己将要踏上错误的路。他的内心,掀起非常激荡的波涛。这波涛扯裂着他的神经,他又不安地咬嚼着嘴角。

"这位老爷。"蹲在炉旁的兵用哀痛的调子说,"你借给我一元钱好吧,让我买双靰鞡:实在我的旧靰鞡有了窟窿了。我的靰鞡草,也有二个月没换了。"

兵士的脸骨,只盖了一层薄皮,他的嘴巴飘垂着长须。

"我没有钱。"刘强坐了起来，表示抱歉，接着又补问一句："你是做什么的？"

"我是工兵，因为岁数大了……拨到后备队厨房里做助手。"他嚅嗫地说，"你官长是……"

"我是宣传队里的。"刘强奇异地瞅着他。

"宣传队的官长，可是都有钱的。我只要一元……我的脚，又犯了冻疮啊。"

"宣传队同你们一样，没有官饷。"

"有办公费呢！比炮手团兵饷还多呀！"他不相信地苦笑了。

"鬼才知道办公费呢！我才来了不到三个月。"

"那么……"那位老兵士不再说下去，老鼠样溜走了。

"你来做什么的？"这时，王四麻子走了进来，看见了刘强就说。他脱下了灰鼠皮袍，抖下雪屑。

"我睡不着了。跑到这里看看你老。这个时候，你老到哪去了？"刘强站了起来。

"到刑场那儿，监斩几个老高丽。"王四麻子走近了火炉说。

"怎么要在这个时候毙人呢？还这么悄悄地。"

"白天他们高丽人能来劫人……"他伸出手，凑在炉顶搓着，停了下又说，"唉！混沌年头！咱们爷儿们外行。咱们靠算盘子吃饭的人，哪能终年干这个。"

"想法利用高丽人，编个队伍……"刘强忽然这样想，瞅着王四麻子。他的麻子脸，新刮得颇为光鲜，然而有一层忧闷的膜，罩在上面。

"哼……老张也……这个年头！"王四麻子垂下眼睛，像在瞅炉灰。

刘强的脑页里重新映出了琬玲、关唯吾……的影子，突然他想起了那个当厨房助手的老兵。

"王大叔，厨房助手的靴鞡坏了。那可怜的人，脚上又生了冻疮。你可以借给他一元钱……"

"哪有钱?"王四麻子微微仰起了头说,"咱们太不随便了。这里还有军需处呢。那个处长是南方人,他和咱们山东帮合不来。……一毛钱他一定问。像求祖宗似的。"

刘强感到晕眩了。他的迟钝的眼光瞅着王四麻子伸张着的两手。

——那么季伟刚的金钩枪,更办不到了……刘强忽又这样想着。

"唉!"王四麻子警告似的说,"咱们爷儿们,外行呀!你也该成家立业了,还能够终年干这个。"

——

西伯利亚涌来的冷风,严峻地逼胁着哨兵们。风的力,有如瀑布般雄壮,在这漩涡里的生物,逐渐冻毙下去。弯缩的僵尸,也很快地被雪层掩埋了。

战壕里的芦苇,敌不住酷冷的侵袭。卧伏在上面的兵士,蜷曲得像条虾。

"季队副,我们受不了,不生炭火,都他妈得冻死啦。"老孙颤抖着嘴巴说。

他的身子尽量地缩起来。他在羊皮大氅上,又加盖了狗皮褥子。

季伟刚缩在黑熊皮下,一声不响。

他知道他是犯了罪,犯了克扣公款的罪,他为了消灭嫉妒的火焰,他为了满足自己的欲望,他想他是应该弄钱的。

弄钱,弄钱……有的队长和委员,很早就开始了,而他是落后一步了。

"季队副,不行呀!刘司令若是再不发下煤来,咱们就完蛋了。"老池整个的身体发着抖。

"别的战壕都停了火,不只是我们。"季伟刚不得不举例子来掩饰自己的秘密。

"别的战壕都有酒,咱们怎么没有呢?"老孙敌意地瞅了他一下。

"你们多捉几个高丽穷党，也能领酒喝。"季伟刚在熊皮缝隙里，露出了嘴角说，"你们能抢些枪，无论是日本子的，是穷党的，也能给你们生火。"

"钱都干屑了。夏天有工兵淘金子……收烟捐，还有镇里商会的爱国捐款。"老池扭过有冻疮的脸。

因为他自己没有什么毛皮，他挤靠在老孙的狗皮里。他那半截脊背，像土壁样挡御着寒风。

"那钱吗？还留着买弹药呢！"季伟刚说出从政治部听到的消息。

"净扯淡，买弹药……二年没看买了一根毛。"老池说。

"夏天用得着咱们卖命时候，许愿给一件狍子皮、一件皮袄，他妈的……二年多，我们家都没去顾。"别一个黑脸兵说。

"提起家来，谁没有几口？我的老婆，说不定饿得跟别人过了。他妈的，叫日本子闹得，家，家不安，人，人活不了。"老孙的下巴，更剧烈地哆嗦起来。

"你们山东老哥，就知道家。"季伟刚紧贴了熊皮说。

"你们满洲人当然是痛快，炮手团天天下晚，回家过……"老孙仰转过脸来。

"家里睡暖炕，在被窝里可暖和。"老池眯缝了眼睛。

说到了这里，他们似乎得到了慰藉。他们忘记了寒冷，每人的脑里，都回忆起自己的家庭的温暖。

"咱们这要安个电炉子，就舒坦了。"老孙说。

"哈哈……"丛杂的憨笑声。

"我在山东有个好老婆。早晨起来，她给我偷着打鸡蛋……"一个黑脸的兵，有些羞涩地说。

他愉快地翻了个身，瞅到潮湿的芦苇。他又感到了冷。

"把你的好心老婆，弄到这战壕里来。……我保险给你这张狗皮。"老孙转过脸来。他的屁股紧倚了老池的膝盖。

"滚蛋吧!别扯淡了。"他操起满洲人的口调说。

"真的……"老池偏起耳朵。

沟外的口哨,划破高空似的尖叫起来。这激剧的乱响,震动了每条战壕。

"起来吧!赶快。"季伟刚紧张地说。

他掀起黑熊皮,挺着身子跳起。他机警地抄起了枪,最后一个跑出去。

斗争的紧张,照例地给予人们不安。

山谷间的口哨,终于被飞机声盖没了。

"卧倒!"季伟刚的眼睛,被雪光刺痛,他不知所措地下了命令。

"卧倒干什么,飞机投炸弹恰好炸死你。"老孙萎缩地跑回了战壕。

"那么回壕沟去。"季伟刚立刻改了命令。

但是他没有跑回,他还在张望。他要辨认出那是俄国飞机还是日本飞机。他可命令铁炮射手开炮。

云雾中的飞机,掷散下传单。纸片在风里卷舞着,飞散到壕沟沿,飞散到雪崖头……

"喂!老季。"炮手团的传令兵,打着口哨跑过来,"你叫伙计们留心放哨。北线和高丽'棒子''开壳'了。"

他是个穿了"Saodaz"(俄语大兵)皮袄的粗实家伙。

"朝鲜红党又来了吗?这飞机可撒的什么……"季伟刚俯下腰,拾起了一张。另一张飞落到传令兵的肩上。

"念给我听听,老季。"他扯下了传单。

季伟刚的手指弯拙地冻僵了。他恍惚地看了下说:"是妈的日本子煽惑军心的。"

他搓揉着塞进兜囊。

"什么东西?"老孙从壕沟里探出了头。

"没什么,传单。"传令兵跺着靰鞡的雪屑,跑了开去。拿在他手里的纸片,随了手缩进袖筒去。

"飞机送来的手纸吗?"老池拾起一张来。

"我念给你们听听。"老孙装模作样地咳嗽了声,开始诵念,"亲爱的山东哥们……"

"他妈的还拿情呢!"老池掀起狗皮帽的耳扇来。

"别说话——你们的母亲妻子,皆需你们供养……"

"这可是实在的话。"老池盯住老孙的嘴角。

"别念了。回壕去穿白罩衣,我们到北口去放哨。北线朝鲜红党来攻了,炮手团都调到那边去了。"季伟刚袖了手说。

"念!念!"黑脸的兵催促着。

"……五天的期限……"老孙一面走,一面念下去,"带一棵枪来降,送洋三十元,免票到大连。……日军以宽大之态,不究汝等之罪。……"

"送回山东去?上面没提关里的军队吗?"黑脸的兵问。

"你们政府已经承认。"老孙仰起了头。

"承认是干屑?"老池问。

"承认,就是答应他们所侵占的地方。"

"走!走!到北口查哨去。"季伟刚斜挂了枪,带领他们走去。

当天空压下黑阴而雪地显出微光的夜间,放哨的兵们,在耸肩缩颈地窃谈着:他们的千言万语,都并成了这么一句:

"在这里受罪呢,还是回到老家挨饿呢?"

一二

雪屑弥漫了空间,沙漠性的寒风,怒斥似的呼啸。地面的雪流,像海浪样卷涌起来。搜求草种的野雉,冻缩地夹紧翅膀,到处在窜动。

前哨失踪的兵士,逐渐增多了。这使刘司令心里逐日增加了一层忧悒——可是日军飞机撒传单的效果吗？……啊，是的，我们还必得想法去对付。

但是他寻不到适当的办法。他那圆筒形身躯坐在圆椅上。他一手支住腮骨，一手在摸嘴巴。他的垂下的眼睛，沉闷地瞅着成堆的报告条子。

"报告。"精干的卫兵走了进来说，"南线季队副派人送来了报告。"

刘司令接过了油印格式纸，他的眼皮形成了弧线。

"南卡子上怎么也跑了五个弟兄？……妈的，他们真以为日军能送他们回老家去么，恐怕送到另一个'老家'去吧！还他妈拐去枪，这不就完蛋了。……"他的手揉摸着纸角。

他身侧的卫兵穿着合适的黄呢军服，胯骨间斜挂着匣子枪。他两手规矩地贴近两胯。

"到政治部去。"刘司令向他眨了一眼，说："叫军法处长！拟个草稿……最要紧的是说，中央军最近能打到关外来了，只要是逃兵抓回来立即枪毙。"

"是。"卫兵回了声，退出去。

刘司令点起一支烟来，他穿的骆驼绒的毛靴，轻松地敲着地板。面孔像塑像般冷静，右手茫然地摸着腭骨。

中央军真的出动吗？在他早已成了个哑谜。最初，他确实也曾热切地盼望过的。他舍弃了营长，盘踞到这沙坪镇。现在，他也不再需要中央军的出动了。他已有自己的金厂……

——就是打了进来，我响应响应，至多也不过挂个旅长衔，要做师长呢，那可就难，何如此刻在这做小土皇上！……

但现在他又在安静里遭到糟心的事了，他默想他的将来——朝鲜红党、日本匪军……自己弟兄的逃跑。好在炮手团是些满洲人，他们在镇里有家属……这……

"刘司令！"王四麻子闯了进来。

他的酱紫脸皮上透出稀有的惶恐。他的额角流滴着冷汗。他不自然地，咧起厚嘴唇来："刘……"

"什么事情？"刘司令为他的惊慌所激动。

"后……备队要抢镇里的商铺。"他粗重地喘吁着说。

"你……快回去，压伏他们。"刘司令掷掉了残烟下命令，"你……告诉他们，有能耐，到日军防线去抢……好话不听的时候，你叫他们酌量着办。炮手团的枪，是专打脑瓜骨的。"他的眼睛，立时被怒焰所涨大。

"他们知道炮手团打朝鲜红党去了。"王四麻子稍微镇定下来。

这话击毁了刘司令的恫吓，嘴角有点抖动："他们……那为什么呀？"

"他们冻得受不了，都要抢……他们要靰鞡、煤、烟、毡靴和火炉子。"

"你快回去，让他们别胡闹，要什么，都在两三天内发的。"

王四麻子匆忙地转了身。

"买卖人，不能吃军队饭。"他听出这是刘司令的音调。

他羞愤地跑出大门。刺刀似的风梢，穿刺着他的腮颊。疾风拧起头尾似的长啸，雪粒来往地穿梭。阴森而忧郁的天空，直如海洋般浩渺。

后备队的门岗，失去了踪迹。大门旁遗留着砂囊防护垒。王四麻子瞥了下，跑进院里。

兵房里提着枪的兵们，来往地穿动起来，像群蚁失了搬运的食物。

"四麻子！你怎么交涉的？"靠山瞪起凶狠的眼光问。

"让你的伙计们安静一会，刘司令说，要什么给什么。"王四麻子走进了冰窖似的兵房。

乱蓬蓬的毛蒿，散了满地。杂乱的破包脚布、靰鞡绳头……都冷凄而又狼藉得到处都是。屋当中的"砖火池",燃烧着"山楂子"。潮湿的木质,被烈火逼起了浓烟,王四麻子感到了刺眼。

"咔……咔……伙计们——"他咳嗽着瞅向四周。

混杂地蹲坐着的兵们,在检查自己的枪筒,或查验圆锥形的子弹。他们那裂着冻疮的粗指,僵硬地乱动着。混合的嘟哝及咒骂,构成喧噪的网。

现在他们止住了骚动,饥寒交织的眼光,呆滞地瞅着王四麻子的麻孔脸。

"咔……这回准能发靴鞳和煤炭……咱们别抢,咱们是救国军,也不是胡子,又不是穷党。"

"胡子怎么的?胡子也是打日本。"靠山从他背后闯过来,"你对伙计们,报告你交涉办得怎样吧!别扯闲淡,废话和别人去说。"

"不是……咔……"王四麻子腼腆地蹲了下去。

烟流逼出他的眼泪,他止不住地咳嗽着。

"这样欺哄我们,是他妈不成。你痛快地说!"墙角的黑老三站了起来。

"咔……他应许给靴鞳,给煤炭。"看王四麻子那种憨样,直像是被审的罪人。

"这要一人一张狍子皮。"另一个在探枪筒的说。

"对了,再加一张狍子皮。若是不!咱们就他妈抢。"黑脸兵走近了他说。

"没那些狍子皮,狗皮也行呀!你回去告诉刘子章去。"靠山摇了下头。

"我去催他从军需处调集调集。……"王四麻子悲凄地笑了下。

"滚蛋吧!四麻子。"黑脸兵戏谑地踢了他一下。

王四麻子咳嗽着挤动眼角,退出了满屋浓烟的兵房。

"喊!刘强。"靠山弯俯下腰,拨动墙角的蒿草堆。

"他走了吗?"刘强从草底窜了出来。他的乱发上粘得有草叶。皮袍的破缝间,也粘着草屑。

"他走了。"另一个关了门说。

欣喜的微笑,挂在每个人的嘴角。他们像饥饿的猪仔一样,团团地围住刘强。

刘强斜倚着蒿草,烟气在他头上飞舞着。火池的暖气,投进了土壁,屋里余剩下的只是烟。

"刘大哥,才这么年轻。"将够四十年纪的靠山,不知怎样说才能表达出他内心的钦佩。

"你们不要太过分……王虽然是懦弱。"刘强吐出了粘在嘴角的蒿梗。

"四麻子的胶皮水袜子,也露着脚趾头呢?"黑脸兵说。

"不管那些事!……他若真个发给我们要求的东西了,那么我们怎么办?"靠山问。

"你不必着急,我们要从容地去做,领了东西,再想法子得到些子弹,然后我们必定'拉'出去。"刘强扫视了一下四围。他们都在屏息地听着。

"'拉'出去,让你当'水柜'。"靠山按了他的膝盖说。

"……用不着那些,我们不是当胡子,我们要干我们要干的事情,这就是说斗争……冷,大家冷;饿,大家饿。不能穿棉袄的到前哨,穿皮袄的反守着火炉去打牌。"刘强挥动着手激烈地说。

他的话里,带来了温暖,使每人的心窝感到一阵热。他们忘掉了两脚的肿痛、手的酸麻。

"对。"靠山睁大饥狼似的三角眼说,"别的伙计都知道我靠山,在马滴亚跟老九的时候,我就是'二当家'的。我没有攒下一点钱,有钱都是大家伙花。"

"希望你们坚强起来。可不能上当,去投降日本匪军么?……别做回家的梦了，好在这里还有饭吃。现在，我回队去看看了。"刘强站了起来。

"今天半夜里来不？我们就等你的命令行动了。"靠山按住他的肩膀。

"必要时我来，最好你们要机密些。"在走的时候，刘强善意地向每个兵看了一眼。

随后他静悄悄地，向靠山说："军政部的火药库，得派眼线先摸摸底，将来想法……子弹是我们的命根。再见。"

愉快的血液，流动在他的全身。尖削的颧骨上又呈现了得意之色。他没有觉到冷。脚步轻快地迈动，BaginK 毡靴踏着雪屑发出微响。这微响也使他内心感觉愉快。

他大意地走进王四麻子的寝室。

王四麻子的酱紫脸上蕴有懊恼的心情。他没有和刘强打招呼，连瞅也没瞅。他那两手紧紧地捧住光头，肘骨倚靠桌角上。

这给刘强一种不安，像被他发现了秘密。他走到他身侧说："王大叔，怎么的了？"

四麻子微微晃了下头，哑默地瞅了刘强一眼，重又恢复了原来的姿态。

"有病了吗？"刘强极力镇压住喘息，坐在他身旁。

"刘强！"四麻子的音调很凄楚，"我外行，军队是这样难调弄呀！我后悔……我不该为了……你去世的父亲，最知道我的为人。我在海参崴开'二号票'（小商铺）时，我说一句话，谁都不敢哼一声。在这里，人人都有枪……"

刘强心内感到无限的松快。他走到煤炉旁边，调弄起将灭的煤火。

"你不要愁……"

"刘强！你别总是教训我。你知道，你还年轻呢？"

刘强把话吞下。他添加了几块碎煤，重新走到桌边，默默地坐下去。

王四麻子歪过头来，迟疑地瞅着他。刘强看见四麻子那一对眼里的红丝，有蛛网样密。四麻子用了愤怒的音调，又告诉了刘强——其实是刘强早已知道的事情。

"弟兄们粗野是粗野，一颗心是好的。刘司令的和气，倒会杀死我们。你要知道……"刘强婉转地说，但看见四麻子又歪过脸去，他就不说下去了。他知道要是再说，这就又是教训了。

"……你也该成家立业了。我和你父亲三十多年交情，我总得看管你。你再这样混下去，越发不知道对长辈的礼貌了。……癸酉年已经要完啦！"

王四麻子的眼睛送走刘强的背影，心里想道——年轻的人，倒教训起我年老的人来，真怪！

这时院里响起了歌声：

> 自从离家到关东，
> 心比天更高，
> 命比纸还薄，
> 这山望着那山高，
> 把我眼睛瞧花了
> 有心卖苦力，
> 钱少买不着。
> 山中胡匪多，
> 我看着那行好；
> 威威、武武、抢抢、夺夺
> 一年回家了。

刘强在院心，立住了脚步。他望向黑漆的兵房，窗缝喷舞出烈烟，好像失火似的。

　　嘈杂的粗莽的歌声，接着又雄壮地波动起来。调子是很老的苏武牧羊。

　　　　跺脚把心横，
　　　　来在了山林中；
　　　　见"当家的"鞠一躬，
　　　　我"挂柱"（入伙的意思）行不行。——

　　另一个尖锐的嗓音，唱着跟下去：

　　　　——"当家的"抽大烟，
　　　　点头哼一声；
　　　　叫声三炮头，
　　　　拨在你的队中
　　　　教他黑话；
　　　　"打铁""拉线"又把"斧子"登。（使用枪械、巡逻一类黑话）

　　粗蠢的笑声，震动了整个院落。刘强在风雪呼哨里，呆痴地站住。他的心腔，接受了歌浪的波动。一个特别高亢的粗声，继续唱下去：

　　　　眼看天要黑，
　　　　住下打火堆。
　　　　商量着，
　　　　把城推，
　　　　尽着"海沿"飞。
　　　　快枪收拾好，

子弹多预备。
　　大家齐努力，
　　发财就在这回。
　　打进城去，洋钱票子，
　　尽着力量背。

　　歌声越唱越高，刘强就失落在这歌声里了。他迷迷糊糊地想——胡子可以训教，年老的人可真不容易对付啊！

一三

　　新鲜的气息，滋润着刘强的肺部。他轻松而快活地在黑影里挪动身子，脑瓜随着也得意地晃动着，他不觉疲乏，更不觉冷。欣喜掀起了他的嘴唇，他想随意地唱，但是他尽量地警告自己……这是在分水岭交界的地方啊。

　　他的脚偶尔会迈到深雪里。那毡靴筒就灌进了雪屑，立刻他觉出了水的凉。他用跳跃的步伐，活泼地蹦出了雪窝，骄矜地跳走着。

　　他的脑子里，活动着许多人影。还有第一次去的时候，没曾见过的陌生人。

　　——他们都那么刚毅、那么真挚，即便是姑娘，也不像琬玲那么装腔作势……

　　他深深感到朝鲜农民的特质。

　　"好！"他对自己说，"现在是真理医好了我的苦恼了，我现在将会变成一个健全的人了。"

　　他像才出浴一般舒服，心在熨帖地跳动。他的骨节里，尤其是脊骨像注入了钢汁，越发硬朗了。他又觉到自己的意识里，已被他新遇到的人灌进了结实的物质。他和他们会见的山洞，他认为是熔铁炉，而他是被炼锻成一块钢了。

他被烦闷侵蚀的头脑，已恢复了理智。他直挺着粗壮的身子，在雪谷里健捷地走动。他的嘴角和眼皮的微皱，描绘出他的愉快，他不时地呼出口哨，只有他自己能听到的口哨。

远的山隙，有时飘来了"火怜唔子"寒鸟的长啼。但不多时就依旧寂静了。雪草孔隙中有野雉在怕冷地啾叫，声音极其低微。

他来时的脚迹，很清楚地引导着他。每脚踏在雪上，就能没到他的踝骨。但是这时他的脑子，只为了他的策略而思索着。他还是一拔一陷地走去。他头上的狗皮帽子，在远处看来，像个白绒毯。

"谁！"熟悉的粗嗓子，从谷口传来。

"老于吗？我是刘。"他热烈地说。

"刘强吗？这时候你到哪去了？"有力的粗手，铁紧地握住了他——"你说我该怎么办？我队里又跑了两个伙计。"

"我有许多话，需要和你说。弟兄们的跑，是当然的事情。"刘强随口扯着。

"真不及咱们在苇子沟好呀！……要酒有酒，要火有火，这里一天十斤炭，真欺负咱们'外路人'。"

"……我们有办法。"刘强估量着该说些什么，然后能使他们接受他的计划。

他靠近了老于的肩膀，沿了足迹走。

"好些日子，我没见你四麻子大叔了。"老于说。

"季伟刚呢？"刘强不在意地问。

"他那队都属跑光了。剩他一个人，还在镇里押着呢！"嗓音里带着他自己的忧惧。

"押着？为什么？"刘强迟疑地问。

"就是为的伙计们跑光了。"

"押着也好，反正他是个废货。说不定受些罪，能醒一醒。"刘强不在意地说。

到了战壕的地道了。老于脱下白罩衣，递给在烤火的兵，"你替我守东卡子，我和这'老疙疸'有话说。"他指了指刘强。

"闪点缝！杨庆挪一挪。"他又挤进了火池旁。"刘强，来烤烤火。"

刘强感到一阵的晕迷，神经像是失了作用。他的眼睛里放出黑火花。但立刻他清醒了。他瞅向砖池的炭火。

那里围绕有后备队兵士。他们都在揉动着手，谈着打狗熊的故事。火红的光，映耀在郑老二脸上，他像一个原始的野人。

"这里有地方，伙计。"郑老二喊。

刘强并没有感到冷，相反，他感出炭火的烟毒。

"这里有几个伙计？"他走近了火池。

"干什么事吗？"杨庆笑着问。

"我告诉你们些话，然后我还得回镇里。"

他们纷乱地爬起来，像受到了意外惊愕，眼光都集在他清瘦脸上。

"关里打进来了吗？"郑老二问。

"你总该知道，什么时候打 H 城，不抢点东西，真能冻死了。"一个年轻的兵这样说。

刘强暂时缄默，等大家都静下来，然后他庄重地说："日本抢去我们的土地，刘司令剥去我们的衣裳。……我们应该自己坚强起来。"

"他欺负咱们苇子沟来的人。"老于瞪大了圆眼。

"他是个官呢！从前他是个'真'的东北军营长。"杨庆咧起嘴角说。

"都不对。战争给了他机会，历史构成了他的骗术。难道他是个司令，就不应该来巡哨了吗？"刘强停了停，接着又说，"受骗的不只是后备队，也不只是炮手团，是广大的民众呵。这是连镇里的商民，马滴亚的苦农……都包括在里面的。他就像匹蜘蛛布了个密网，上网的全给他一个人吸饱了血。"

"对了。反正他是欺负咱们。炮手团还有皮袄，咱们连一张狗皮褥子都没有。"郑老二说。

"最好咱们抢……"老于怯生生地说。

"我已经和别的哨队，想了个办法。"刘强放低了调子，"我们自己来打日本。我们不能单希望关里的援兵，更不希望……供奉别人的榨取。我们……"刘强严重地说着，脑子里荡漾着他在山洞里所听到的话。他想尽量搬运出来。

"刘强，你说的什么？我屌一点也不懂。怎么你又扯到关里了。"老于偏过脸来问。

"……后天晚上，我必得再来……我们先包围政治部，那里有火药库。"他走时这么叮嘱。

他内心交织起极度的兴奋。他忘记了一切，他只在回嚼着他所讲的话。

羊毡靴在雪坡上发出"吱吱"的微响。他走进了山峰环抱的沙坪镇。

哨兵们俯腰缩颈地走动，并同他交换着口令。

当他走进政治部，竟出乎意外的寂静。除了马棚的马匹，打着小声鼻响和刨蹄子声外，他没听到平日惯有的牌声。

他茫然惊讶了。他开始感到了不安，很快地走进屋里。

"噢——关盛！你怎么跑来了？"他惊愕地叫了起来。关盛那小个子，却走前一步，招呼道："刘强……你瘦得多么厉害呢！"

关盛穿了很体面的棉袍。他的脸比较胖了些，因而眼睛越发细小了。刘强又瞧见季伟刚也在。

"他来是'说服'我们投降的，因为他是咱们的同学。"季伟刚冷漠地说。

"你不是给人家押起来了吗？……到底为什么被押？"刘强迟疑地问着。

季伟刚的脸色很苍白，机警的眼锋，燃炽起怒焰，咬了牙说："他姓刘的可以弄钱,我们下边就不成!我就为了……我就为了……"季伟刚羞涩地说。

"清醒些吧!朋友。"刘强不愿再听下去,扭转头问关盛,"你来劝降,这是胆量不小呢?"

"哈……我是借由子溜达溜达。和我同来的李会长,他才是说降的呢!他到四麻子那去了。"

他们相互推让地坐了。油印机案上,放着几盘菜碟和一瓶高粱酒。

季伟刚的苍白脸子,露出冷淡的阴沉。他的眼光,低垂地在凝思。他不作声,静听着。

"你父亲死了,你该早知道吧?"关盛瞅着刘强的颧骨。

他不回答这问话。慌乱的情绪,占据了他的心境。他在想催促季伟刚的醒悟。

"你父亲死得才凄凉呢!……"关盛又重复了一句。

"死,并不稀奇,自古以来,人嘛!谁不死?"刘强抛过去一句。

"还坵着呢,等你回去落葬了……你看你呀!瘦得这个样……"

"为了祖国,为了大众……这是义不容辞的大事。"刘强肯定地说。

季伟刚还是哑默。

"你们被没收的土地,听说'特务机关'批下款来作赔偿哪!真的!弄笔钱埋葬了老人,就算尽了心啦!"关盛摸弄着桌角说。

"为了一群将死的活人,是不能留意已死的老人了。"刘强摘下皮帽子,松懈地躺到床上去。

"那是你家老爷子呀……"

"我还有事情,你俩可以谈一会。"刘强突然爬起来。

他整理一下帽耳,转向季伟刚说:"挺起腰来,别听那一套!我们要奋斗下去,直到呼吸不供给我们氧气的时候……现在我们是走错了路,我正在预备纠正它。"

季伟刚始终低垂着头,听到刘强走出去,他才说:"他近来越发不安分了——我们还是谈刚才的事吧!"

他和关盛的鼻尖,差不多接近到一处。他不时地斜视周围,悄悄地说:"火药库在军政部后院,点火是很容易的事情——"他将黑眼瞳移向眼角,机密地瞥了下,"——可是你必得担保。"

"那是一定的。"关盛说。

"那么你可以签个字,在这三千元酬金条子上。"他的眼锋,紧逼着关盛的两眼。

"好!"

一四

李会长坐在煤炉旁,随意地摇动着马棒。他的红润的丰颊偏向刘强,他吃惊地想——这是多么难调弄的小伙子呀!

"别胡闹了。"王四麻子说,"回 H 城去,变卖了咱们的家产,是够活下半辈的了……想法子将你父亲的灵柩,送到海南家去,就对得起他给你创业的劳苦了。这是正事!"

"为了很多的受苦的大众,我不能那样,那样做。"刘强坚决地说。他的头垂下,像在瞅桌角的木纹。

"我们是不能干这个买卖的,不是行家!况且刘司令都松口了……"

"本来他就不可靠。你可以和他们去投降吧!我可不上奸细的当。"他严重地说。

"唉!四哥……"

"听我说,刘强!我不能撂下你一个人走呀!……你父亲和我,三十多年的交情了。……"四麻子的声调,有些凄楚了。

他爱他这种认真的毅力。他又觉得不该带上他,随着自己投降。

王四麻子在这军队生活陶冶里,像是匹受伤的熊了。他的锐气,已被大兵的粗野锉钝了。他深深地体会到,自己再不能混下去,在这里随时随地感到两头来的挟制的苦痛。

李会长担保杉浦退给房产,这就像只有力的铁掌抓住了他。……现在他担心着刘强的固执。

"你知道,癸酉年将完了……关里军队不能打……"

"老四!"李会长接下去说,"关里绝对不会打进来。他们还集中力量打内战呢!关东军说,已经得到他们的默许。你明白吗?这是一句文话,意思是……是默许!"

"我们不依靠他们的军队,正同海涛不需要火,相反,我们却需要暴风。"刘强纠正似的说。

"刘强,我和你家过世的老爷子,也是几年的老伙计了,所以我说话,你应该听。"李会长摇晃着马棒,一手在稀疏的胡须间揉摸着,"我担保不会替日本人办事,给你亏吃。刘司令降了以后,总能弄个团长的差事。我可以给你在他团部里,找个有外快的差事,总比你在这里强。"

"你想错了。"刘强截断他的话,样子还像在审视木纹,"我不是你说的那样人,对于我实在是——侮辱。"

"'水流千遭归大海',那么,你打算怎么办呢?"王四麻子瞅着他垂俯的脸问。

"有一天你们总会知道的。"他漠不关心地回答。

这倒使王四麻子渺茫起来了。他站起来,在屋角低着头走动。他的手倒背在军裤后,思索着:笑!怎能驯服这倔硬的年轻人。

李会长抽起纸烟来?神经似乎很镇静。他也在想:

——这个二十多岁的怪家伙,是多么难摆布呀!刘司令都为我说服了,而这个不紧要的脚色……

他仰起头来,瞅了瞅刘强,用和蔼声音说:"我告诉你。你父亲和我是朋友……要不是的话,你的事情,和我又有什么关系!你大叔说的这话对不对？——刘司令都赏给我面子了。"

"面子究竟是什么东西呀！在我肩膀上所负的是中国人，有为的中国国民的责任！不能为你一个人的面子两字，就这么掷掉了我们国家的面子。"

"你说什么？"李会长的红脸显然是困窘了，"我和你父亲是老朋友。关外人口三千万，就你一个人爱国。可是眼下咱们不是人力不足么？……"

"对，"四麻子来回地走着说，"你年纪大一些时，就知道我们的苦心了。你现在年轻呀！中国人挺多，有没有你不管事！缺你一个人呀！"

"唉！年轻人总是想不开。"李会长叹了口气，缓和过来，"中国有那么多人，可不是没有你刘强不成的。你听大叔说的话，绝没有亏吃。"

刘强支撑着下颚，哑默地坐着。从他严峻的脸上，可以窥出他的激怒。深陷在眶里的眼睛，还在静视着桌角。他的肺部，不安地起伏着。

他感觉到是受了过大的侮辱了。他认为他们就是他最大也是最鄙卑的敌人。他决不能再忍受一个奸细的侮辱。

"请你们不要再说吧！"他愤愤地说。

李会长轻捷地走到他跟前，弯曲了腰，低声下气地说："不愿意做事，可以到东京去留学。我敢发誓，一定给你办个官费生。你知道，老人说话是没错的，尤其对他朋友所遗留的独生子。"

然后他挺直了腰，轻轻地拍了一下刘强的脊骨，嘴角闪出笑意来。

"李会长！"关盛傲然走进来，"头道卡子送来口信，叫我们下午同政治部的委员，到那里坐'国道局'的汽车，回H城去。"

"好！派汽车接我们吧。"

关盛咧起嘴唇，走向刘强身侧问："你……"

"我先问你——"李会长说,"——你的事情办妥了吗?"

"妥了。挺顺手……"

但是李会长的眼色,截回了关盛下面的话。

"什么事情?"王四麻子不在意地问。

"没有什么。"李会长掩饰地又扭头向刘强,"你仔细想一想,你大叔和我说的话。——年纪大一些,你就会明白这里是祸源之地!"

接着他掉转头,向关盛会意地一瞥。

王四麻子来往地打圈子走着。他想起在这里所受的困窘,弟兄们的粗野和自己的狼狈。他感到厌烦和畏惧。

但不久他会舒服了。他想:一定卖掉房产,然后回关里去。

他的最爱的小喜子,在他脑里浮现出来。

——必定回海南家去。他深沉地想。

"老四!我们先到军政部去。你……"李会长向垂着头的刘强说,"该说的,我可都说了,你捉摸着办吧!有话等我回头说吧!"又问麻子:"H城没有别的事办吗?"

"没有什么事情。你得把我的房产,和杉浦开清楚了。要紧是别马虎。"四麻子嘱咐着。

"你放心好了。……三五天后,一定有汽车接你们到H城去。"李会长说着站起来,腮颊的丰腴肉质,由于他头的晃动而哆嗦。他潇洒地摇挥起马棒来,走了出去。

"刘强!我真的愿意你能够很早地到H城……"关盛说完瞅了瞅他,也走出去了。

刘强像没有听到什么,在桌边愤愤地望着两个日本说客的背影。他没有动作,但那两道眼光像利剑般要刺穿他们脊背似的。

但他的坚强的心,已被"东京"击中了,这伤是极为隐蔽。他以后就出现了这样一个想法:他的脑袋,应该再装入些学识。他确实是需要它的,但是他决不投降。他想从山洞里听到的话找出解答来。

"呵啥……"王四麻子的脸，冻得愈加紫了。他走到炉旁，烤起火来——"真冷……刘强你别傻想了，听我的话吧！"

他还是呆痴地默坐着。他想找出解答来，从他见到的人物的口里。

"'关东山'里，你再找不出来比我更贴心的人了。"王四麻子酸楚地说，"你父亲老实了一辈子，临死的时候……也没见到你。给他个像点样的棺材钱都没有……唉！到 H 城以后，把他的骸骨，送到海南家去，也算他没白白地养了你……"

这些话，又特别的冷而酸辛，深深地刺入刘强内心。

他溶化了。一种悲凄的心绪催出了他眼角的晶泪，像汗珠样滴流到他嘴角，他尝到了盐质的人生。于是脊梁上又透过一阵寒栗的颤抖。

他并不移动头，更不擦拭泪痕。他还是哑坐着，有如艺术家调色板前的模特儿一样沉默。

"东京求学？为大众？……"这才多久，伤口已在扩大，他脑里开始混乱了。

一五

一种冷冷的忧悒，阻塞了刘强的心窍，他的脑子里浮映出过去的生活：年老母亲的苦笑，在校时的自己种种天真的行动，送租粮的朝鲜佃农……跟一些别的人物。

酒已戒了。烟是他从来不抽的。为了帮助他的想象，他用两指搓捻着纸屑。他将它搓捻成针尖样的细，迟滞的眼睛，懒怠地瞧这一切不介意的举动。他那整个脑子，沉浸在静静的回忆的海洋里。

屋里没有一丝声响，扰惑他的是缭绕的幻想。

浮出在他脑里的竟然又是他以前没有想到过的东京，这简直像个娇艳的处女，执拗地引诱着他。已经感到学识贫乏的他，很想投到她的怀里，吸取些养分，他仿佛觉得，只有这么做，他的工作，才能更有力量。然而同样有某种说不明白的情绪，系住他的心。

屋里逐渐被夜色笼罩了。零乱的东西在灰色中象征着涣散与冷漠。

他从回味境域里,带来了酸楚和寒栗。他默默地尝着这味道,眼角有些湿润了。他不住地捻动着纸屑,心里犹豫着——求些知识呢?还是干下去呢?

他茫然了。他不知道他已经为他所认为的奸细击中了要害,伤口越发显著了。现在伸长在他面前的是两条路,他不知道走上哪一条,在他更为合适。

"老刘!"在玻璃雪纹间,有一个黑影在晃动。

"谁?伟刚吗?"他漫然问着。

"怎么没……没点灯?"声音夹着恐慌,伟刚匆促地跑了进来。

刘强茫然爬起,点了煤油灯。

"坐下吧!"他瞅向季伟刚。

季伟刚的脸色里蕴蓄着惶悚,眼睛里也带着隐蔽什么似的畏惧。

"你怎么啦?"刘强惊疑地问。

他暂时不答话。他那急促的喘吁,还没有稳定下来。他只向刘强虚伪地掩饰什么般笑了下,装作不介意的样子,倒在了床上。

他尽力地克制住内心的悸抖。……

——嘣……轰……砰……叭……

忽然剧烈的响声从外面飘来,屋里震动得似乎要陷了下去。窗棂颤抖起来,油印机和瓷碗,发出了金属相撞的响声。

"什么?"刘强惊骇地抄起了匣枪,跑了出去。

院心站满了人,都像忘记了是冬夜,竟有人穿了布小褂,在人群中慌乱地跑动。

"什么事情?"刘强看到了马佚问。

"不知道!说不定朝鲜红党打进来了。"

这使刘强增加了紧张,他以为是自己记错了日子……

"火药库炸了!"终于听到有岗兵提高了嗓子在嚷。

——轰……嘣……

像巨雷般,震得耳朵已经失了作用。爆炸的弹药,彗星样在低空乱飞起来。黑暗的空间,到处爆炸出火花。蛮横的子弹,不自主地飞向屋顶,飞向山头……

刘强为这突来的事情混乱了。他的计划已全被破坏,这给他以投降的决断,然而他又为惋惜所眩迷。

"伟刚……火药库炸了。"

"……真的吗?"他的脸转成惨白。

"是的……这似乎给了我决……"他的坚硬的拳头,击敲着膝盖。

"你回城里去吗?——这是天意吧!"季伟刚为了掩饰心虚,应付地说。

"这火药库的……"他激愤地捶击着桌子。

——轰隆……

一个巨大的重响,震碎了玻璃,上半块纸窗碰得掉下来了。细碎的玻璃屑,飞散到窗台下。

"刘……刘强!"靠山的三角眼锋,出现在他的面前,"怎么办?火药库炸了。"

"他们呢?"他焦灼地问。

"救火去了,听说是姓季的小子放的火,紧贴火药库旁边。"

季伟刚的腿,不受驱使地哆嗦了。他的狡猾的眼光,躲避着这陌生者的两眼。

"姓季的?"刘强点了下头。

"是呀!……我们该怎么办?"靠山斜瞥了下季伟刚——"趁着这时候……"

刘强的晕眩加重了。他不知所措地击打着膝骨。他想季伟刚确乎是该杀的家伙。他一手握住匣子枪,逼视着季伟刚的脸。

"怎么的?你倒快说。"靠山追问了句。

季伟刚在这一刹那，刘强的匣枪还未及拔出来，极快地溜出去，有如夹着尾巴的癞狗。

"伟！……刚！……"刘强的心尖，加紧了跳跃，他的眼角，张满了一丝丝的红丝。

"那小子是干什么的？……"

"呃！"刘强放下了匣枪。

"你到底说话呀！咱们该怎么办？"

"……这时候干，恐怕不能……我们看看炮手团的动静再说……况且和'那边'的人约定是明天鸡叫头遍。"

"明天下半夜？火药库已经炸了……看炮手团干什么？"靠山靠近刘强坐下去。

"炮手团都投降了……"

"你不是说过吗？他们本来是不可靠的，只有底下人是铁柱子，支撑大厦靠他们。"

"是呀！他们不可靠！……"刘强微声地重复了句。

他像触到了尖钉，他突然觉察到自己原来也是不可靠的。他内心惭愧。一切都讽刺他自己呵！

爆炸的声响，渐渐淡下去了。刘强的心绪益发紊乱了。

"到底怎么办？"

"火药库炸了，我们的计划完了！……"他垂丧着头。

"这怎么算完了？只要咱们干，还怕谁！"靠山碰敲着靴鞡说，"伙计们都着急了，他们想趁火打劫。你知道，这是'线'上的规矩。"

"等明天……"

"怎么等呢？你别担心，子弹够与不够，有我靠山一个人来捣弄。在马滴亚'混'了二十多年，到哪都'走'得开。"

刘强像是接近火炭的蜡烛，软弱下来了。他懵懵懂懂已经不知道他所想走的是哪条路了。他在靠山跟前，像在接受着他的责难。

季伟刚的阴影，仍在刘强脑际穿动起来。然而他失去向靠山告诉"他是姓季的"的勇气。他觉着自己和季伟刚同样的卑鄙，虽然季伟刚的焚毁火药库，他并不知情，然而他自己也仿佛是一个共谋犯。

他在这暂时的沉寂间，想决定他取舍的路线。

"你到底想什么？你害怕……"

"不是怕……我……"他软瘫地握住靠山的手，而靠山的巨掌却粗野地抓紧了他的。

一六

腊月将尽的冷风，漫天漫地飞刮。浪涛形的风势，涌卷起山谷的积雪，扬撒在整个空间。摧折了的桦树还在倔强地叫啸着挣扎。脱光了叶子的波罗烘子树，在逆风之流里变成了倒形的鸡爪。

前哨的枪声，越来越密了。骑马的传令兵，慌张地到处窜动。

王四麻子的皮袍，给门上框的铁钉撕裂开长缝。他的紧张心绪不允许他顾到这。他的心境，如同炭火一般爆裂了。

他焦急地跑到刘强的屋里，刘强正在发狂样打着回旋。

"坏了，坏了，日本子攻进来啦！"王四麻子喘吁着说。

刘强不作声，睁起充满怒血的眼睛瞅着他。他的拳头，扼得铁紧，像待斗的拳师。

"刘司令也没有办法了……他在上午已押起关炮头来——就是关团长……"王四麻子搓着手说。

"为什么？"

"因为他不投降……谁又知道，日军变了卦。他们快要攻打进来了……刘司令正在为难，他不敢再放关团长，他怕……你说怎么办？"他的酱紫脸难堪地皱褶起来。他相互地搓着两手。

"……打！"刘强健捷地跑出去。

"子弹不够了。"王四麻子也跟了出去。

刘强粗野地从人隙间穿跑过去。在挤到军政部左近时，遇到了围攻司令部的炮手。

"放出我们关炮头来……"一个高健的炮手，用枪把子甩打过去。

"乒——"门岗卫兵射倒了那炮手。

别的炮手们，疯狂地用枪杆在扑击。

"喂！靠山！"刘强暴怒地喊，"领出伙计们来，协助炮手团弟兄们。"

"我正到处找你呵……"靠山瞪着饥狼似的眼，闪将过来。

"快些，日匪马上要攻进卡子来了。"

"你是哪队里的？——对了，帮帮我们……只要弄些子弹就一切不怕。我们的弹药都空了。"一个团着狐狸皮领的说。

"刘子章这小子，是他妈的大坏种。投降日本子，这回日本子可是来'投'咱们了。"另一个小伙子蹲伏下来。

"别打了……"围狐狸皮领的炮手嚷。

别的炮手们扭转头瞅他，他做了个子弹的手势。于是他们松懈下来。

"炮手伙计们，关团长是没有差错的，这个我敢担保。……你们领了子弹后，快些回去守卡子。"刘强高声叫着。

"头道卡子早已保不住了。他们知道咱们弹药没有啦！"那炮手鼻尖滴着清涕，沾染在磨光了毛的狐狸皮领上。

"我进去，给你们关团长讲讲情。"王四麻子从人群中挤了过去。

东山坡间，窜来一群人影。

"马滴亚屯子，叫日本子占了。"老于很远地叫着，他的圈腮胡子上，挂垂着许多的细冰条。他一面粗声喘着，一面飞跑过来。

"咱们先弄出关炮头来，再去打日本子。"一个扼紧空枪筒的说。

"先抢刘子章的金子，我知道……"这提议被沸腾的声浪压没下去。

刘强迎着老于跑去，高声叫道："还有多少子弹？"

"谁知道还屌有多少。"

"弟兄们！把子弹倒给炮手们。让他们堵住日匪军。"刘强喊着，又急掉回头来说，"炮手团伙计们，到前线守二道卡子去。至于关团长，我和后备队弟兄要……"他瞅到了带领后备队的靠山。

"领取子弹吧！"围有狐皮的嚷。

立刻炮手们围绕着后备队。那一边匆促地递过来，而这一边紧忙地接过去。每个人忙乱地向弹囊里装塞，样子像领赈粮的灾民。

"你一定得要出关炮头来呀！"那个围皮领子的炮手说。

"一定……"刘强庆幸地瞅着他们走向二道卡子去。……

时间将到傍晚了。刘强领导后备队占据了军政司令部。

刘司令的尸体，像懒猪样倒在屋角血泊里。他的手里，还握有射死自己的手枪。

混乱的人们没有理会到他。刘强在发命令："靠山！你领第一大队同志们，潜伏到马滴亚附近。……那些朝鲜同志，决定能在今夜到来。主要的是，看准红色旗帜。……"

"老于你领第二大队，到前哨协助炮手团……注意日匪军阵线后面的红旗。他们一定能剿敌人的后路。……"

兴奋跳到每人的心尖，使人感到呼吸急迫。老于扎紧了腰里的围带，向他的伙伴们挥了手，跑出去。

关团长踢了下刘司令的尸体说："把这小子的头，也得挂起来……刘老弟，我到前哨去了。"

"守住二道卡子，只到夜半鸡叫头遍的时候，我们就有了接应。你记住了我给你说的话。……告诉炮手团同志们，看到红旗就反攻上去，日军是处在夹攻之下的。"刘强的嗓子喊得沙哑了。

"记住了。回头再见……老弟。"

关团长用感激的眼光，瞅了下这年轻的小伙子，走出去。

刘强朝气地挺了挺胸脯，瞅向墙壁周围。思索着他应该做的事。

默无声响的王四麻子，从门旁闪了过来。他的脸色呈现出懊恼。

他的头像被锤击似的迷晕。他走到刘司令的尸身旁，轻轻地翻动了一下，凝视着死尸脸上的血迹。

"呵……这到底是什么年头……我真不明白。"他将要啜泣似的自语着。

刘强斜瞅了他一下，提起匣子走出去了。

他骑上了俄罗斯种的马。他踢着马肚皮，奔向马滴亚山脚和朝鲜红党约好的地方。

苍茫的夜色，由浅加深。风是张狂地刮着。在风的激烈的呼哨里，夹带着隆重的枪声。机关枪和小钢炮的声音，时隐时没地响动。

刘强看到近处的卷烟火，心里骤然惭愧起来。

"刘同志吗？"夜色里的人影说。

"崔同志！"他跳下了马接着说，"我很……我做了可耻的……"

"怎么了？我是金盖，就是在黑顶子山绑过你的金盖。"那人说着握起了他的手。

"呵……你……"刘强惊讶地找不到话说。

"你不要迟疑，崔同志昨天受伤了。至于我，是最近……总之我们都是一条战线的人了。你……"对面的人捻灭了烟尾。

"……唅！"

"你方才所说的——噢！错误是免不了，最好你能纠正它。……这次日匪军出发得这样快？"

"他们预先收买了人，在火药库间放了火……我在那时候，很……我太对不起……"

"你不要这样吧！从'那个'时代跑到'这个'时代来，中间是一段难走的路程，往往会走了岔路。这路程是年轻人敢走的，至于老年的人们还得年轻的人来引导。"他更握紧了刘强的手。

"我……"刘强像在圣像前忏悔似的。

"不要这样吧！你须要快些回去，对他们说，这里的军队，就要从 H 城开回来。"

"怎么从……"

"日匪军出发以后,丢下了 H 城,是空城,给我们打进去了,被攻陷了,大概能得些火药。"

刘强的心里,顿然轻松而舒展了。

分离的时候,刘强用力握了握金盖的粗重手指说:"金同志!……胜利将要落到我们手里了。"

一七

繁密的碎星,撒满了天空。沉重的灰云,到处游荡地示威。展开着的铺满厚雪层的山谷,抗拒一样地发着枪声的回响。

夜的沉寂,被剧烈斗争的怒吼炸碎了。宇宙似乎在崩毁和塌陷。各种声调的合流,像咆哮的海浪在翻滚。中间夹有小钢炮的清脆而沉重的声响,像是急雨中的巨雷。

在岔道旁一条深沟里潜伏着的靠山,侧了头在谛听。每一炮响,都给了他一个深刻的震动,心流被催得动荡不止。他珍重而小心地捻搓那装在弹囊里的子弹。他尽可能地从沟沿顺了雪层,向远处窥探。在他的视线直伸到那被阻塞的山根的这一距离中,是没有什么动静的。

较远处的沟壑间,隐隐地透来敌人军号的声音。他在迟疑而紧张中,撞了一下他身侧伏着的弟兄。各人都谨慎地扼住枪。子弹都放在顺手的嘴巴的一边,跪伏着静待那压到头上来的争斗。

乱杂的声音,越发近了。惨厉而尖锐的子弹的啸声和小钢炮的巨响,不断地传来。

轰!一个炮弹落在沟旁的雪地里。被炸起的雪屑和土块,瀑布似的撒落沟里。

"向前压!"靠山爬出了沟塘。别的人也拖起了子弹袋。

轰!跟着又是一声。

"这边来！"靠山从侧面又越过了一条宽阔的沟。

他弯伏了腰躯，在积雪里疾跑，像一匹饥狼。别的人们，也跟着稀疏地散开飞跑。尖酷的风势，削划着每个人的脸皮，手都浮肿得酸疼，只是穿水袜子的脚，被冻僵而麻木，即使脚踝间灌满了雪，也感不到冷了。

剧烈的炮响，夺去了严寒的威胁。靠山的笨重牛皮靰鞡的前掌，在雪窝里飞动。他的充满仇恨的眼光，机警地探视着炮火下闪动的可以蔽身的树丛，但那树丛立刻被扬起的雪屑和硬土块所遮掩。

"这边走！"他扭回头传了句。

他熟识地绕过一个山头。顶头挂着雪屑的波罗棵子，密密地围集了山坡。他伸出手，用力地扳住棵树根，迅速而顺适地跃上了沟沿，立即又弯伏了腰，轻悄地溜进短树丛。

乓……乓……山顶射下了子弹。

靠山沉静地蹲在树干的背面，屏息着侦视山峰的周围。他紧扼住枪，他在探视接受子弹的脑袋。

急射的子弹向他头旁飞穿，他默默地不动。别的人也同样地伏匿着。在没看到对方的影迹前，谁也不肯轻易射出子弹去。

乓……嗷！在乱杂的枪声中，一个跪伏在靠山不远的岩石上的人，惨叫一声，滚了下去。

乓！靠山在窥到雪层里出现的黑影时，食指勾了一下枪机。黑影很快地滚动下去，直到被一棵树挡住而停止了。

靠山飞快地爬上几步。被飞射的子弹打折了的树枝，向他身上飞落。他飞快地从那尸体上扯下了子弹盒。他在忙乱中，没有顾到枪。他只拿起自己的枪。

咭！咭。……峰壑间突然有了机关枪响声。

雨点般的子弹，飞蝗样朝波罗棵子间扑射。吵叫开始了，矮树一棵跟随一棵地折倒。树枝上的枯叶，也混合地飞穿。

乓……靠山在尸体后伏着射击起来。

他有所迷恋似的扳动着枪机。他被一种特别的力抓住。他强硬地运用熟手的枪。

"冲!"一个在峰巅的喊声。

乓乓……靠山疯狂样截击。别的人们也忘记了子弹的数目,不停地放。有人掷了枪滚下沟里,别人就势抓过他袋囊里的子弹。

"哽!"靠山晃动地倒下了。

"'二当家的''挂彩'了!抬回去。"一个拽了靠山小声地喊。

"水流子紧!"一个紧接着说。

"'滑'(跑)。"靠山微睁了两眼。

咭!……烟雾里夹着子弹,不断地射来。

靠山吃力地咬紧着牙根,被身侧的人拖曳着下了沟。别几个人,依然乱射着枪,截堵峰间的哨卡。在靠山们转过山口时,他们也退了下来。

对面山峰屏围间的沙坪镇上空冒窜着冲天的火焰。在巨火燃烧中的房屋和草垛,被风吹得到处乱飞,即便直窜到高空的火苗,也拧翻了身子。黑沉沉的烟流,在峰巅间荡漾而消失。红耀的火光中,看不出半个动物的影子。

炮弹连续地从山岭上飞落到火红的照耀处。风的阻力,使炮弹更奏起骇人的尖哨。波罗棵子树被震动得不时地战栗。集在枝桠上的雪屑,棉团样向下坠落。

靠山咬紧了牙骨,无力地将两手搭在别人的肩头,垂丧了头,任便别人拖曳。他不愿瞅那残酷的火光,可是他心里的愤懑,压服不住地在翻动。血液像是被怒焰逼胁般从肩窝向外流着。别人架扶着他奔驰,更使这裂口的浓血窜流。在慌乱中和痛苦挣扎中,他没觉出这受伤的地方。他无力地由着别人架持着奔驰而去。沟里的积雪,时常使他把大腿插了进去。

"谁！"对面的同一沟口，一群人在蠕动。

"靠字。"不知是谁，答了一句。

在潜伏的人群中，刘强出现了。他焦急地跑到靠山跟前。他看出他是受伤了。他压制下他想说的话，换了句："退到烟突嘴子，走！"

人们手里的空枪筒和斧头，还牢牢地握紧着。蜂群样拥护在刘强的四周，在慌乱而沉静里，飞奔出雪沟。剥皮的尖风，怒吼地击吹着每个人的腮颊。在寒酷的包围中，他们又奔驰进山脚的丛树里。突然地从一端蹦跳出些人来。

"杀。……"一群人像爆炸似的翻滚起来。

"哽。……"刘强泄恨地咬住牙，将举起的枪把痛击下去。一个插着刺刀的枪，从僵倒的尸体手里坠下。他急促地捡起那枪。

"呔！"靠山睁大了眼，迅速地将对准他胸部的枪口，用胳膊死力扫开。乒！枪口冲上射出了子弹。他趁这一瞬间，向对面那汉子胯骨下，用冻硬的牛皮靰靴猛踢了一脚！

"哎！"

靠山随着这一声，像忘记疼痛，抄起那支扔掉了的枪。

像一条毒蛇，靠山伸直了枪头，向他看见的人刺去。别一支枪，也从他身侧插来。他慌促地扑躲到前面。一只手极快地扼住了那枪筒。枪口朝下射出了子弹。

"乒！"靠山前面的人倒了下去。他也无力地依立在树根下，直挺挺的。枪还是紧捏在手里。

他身前头的刘强疯狂似的舞动起插了刺刀的枪把。另一只刺刀，对他肋骨间插进，可是突然撒了手，斧光一闪，脑袋分劈开两半，斜倒在刘强腿下，喷射了刘强一脸的浓血。

惨厉而愤怒的嚎叫，汇合成一片。每个人的细胞都炸起了火花。咆哮的沸腾占满了树丛的空间。在斧头和刺刀的交砍中，夹着星点似的枪声。受伤的人身，在他们脚下滚动。冒出血星的眼睛，在搜视对方的动影。

"滑！"是靠山的调子。他已被一个人抱起来。

"架起他来！"刘强四下里张望地说。

每人急促地从尸体上摸索地扯下子弹袋，迅速地拥了刘强，又弯伏地爬上了山坡。斧头和枪把，还紧握在每个人手里。

"真是……红旗。"刘强的眼睛暴露出急躁的光芒，他有些喘吁地说。

"下晚有红旗也看不见，他妈的。"后面一个弟兄说。

"忘了！忘了！"刘强紧切地握着拳说，"忘了，问！这……慌……呵！"

小钢炮的剧烈响声，从远处分辨出是调换了方向了。机关枪的瀑布的急流声，也听不清楚了。远处峰壑间还闪动着火红的光辉。这变相的光景，使他迟疑地停止了脚步。

"到'土字碑'底下愿一会。"刘强更加喘吁了，并且觉出肋骨间的痛疼。

尖利的狂风被碑石阻住。每个人都松懈地倒下身躯。疲乏后的饥饿，不住地在肚里扰闹。

"今天日本兵'拉山'（找道）怎么这样熟？"靠山咬紧了牙骨，缓慢地说。

"哼！是一定有坏人带路！……一定是。"刘强在静听远方声响中愤恨地说。

远处的斗争似乎扩大了范围。火药爆炸，形成巨大的串雷一般。沸噪的喧叫，交织成一起，在狂风里传荡着。黑漆的浓烟从峰巅间飘动地散开，迷雾样遮掩了山尖。下半夜的残星，逐渐地减少起来。

"走！一定来啦！"刘强扶了碑石站起来。

他那肋骨间的积血，已经冻凝成紫褐色的冰块。他毫不感觉地挺直了身躯，在他过度饥饿的心里，已装满了怒火。

群众骚扰地站起来。各人手里的斧头和枪上的刺刀，都染满了血。刘强斜瞅了一下在晕迷中的靠山。

"抬起他来。走！"他喘吁地在群众围绕中，离开了"土字碑"。俄罗斯山峰间的尖啸着的饥狼声，在他们的背后播送。

一八

小钢炮掉回了炮头。激烈的枪声，挪到了沟口外。

群峦包围中的沙坪镇熄灭了火焰，只剩下灰烬里的小木头块，无力地窜动着火花。残余的草垛和烧掉的茅屋顶，凄凉地展开。倾倒的墙壁，显露了受重伤后的冷落。这里塞满了又腥又辣的刺鼻的味道。焦黑的弯曲的尸体，在黑影里，拌着人的脚步。一股腥臭和布棉被烧后的特别气味，闷窒地阻塞住人的鼻腔。

从前线抬回来的伤兵，络绎不绝地向只剩了半个院落的后备司令部里拥进。

大半间还没有倒塌的露着天的屋子里，充满了切齿的呻吟。铺了干草的地上，繁密而混乱地卧伏着些人，他们被剧疼所劫，翻滚着，哼着。

躺在屋角的王四麻子，酱紫色脸已变成惨黄，而嘴唇是紫褐色。他的半左身，已经被土壁压伤，腿子的胯骨处，露出已断的白骨的锐角。他在昏迷中醒来。他不能动。他用呆滞的眼光，瞅了瞅从屋脊巨洞中透进来的蓝褐色的云翳。他又闭了眼。他的耳朵听不到屋里的悲惨的哀叫，在他耳里的，还是炮弹的爆炸声和屋壁的倒塌声。

"把靠山先抬到屋里。……"一个熟悉的低音，奇异地刺醒了他。

"刘强！"他使不出力地对壁上的洞叫了声，因为他不能扭动头部了。

"谁！王……"刘强没有叫出来。稍微沉思了一下，接着说，"我不能照顾你了。我还得到前线。——将靠山安置好了没有？"

"刘强！哎……你把我……我真受不住呀。……"声音渐渐低到听不见，终于断止了。

"走！快点。"刘强催促着，先转了身子。

背后的人们紧跟地捏紧手里的斧头或枪把，飞奔地窜出来。

刘强忘记了疲乏后的饥饿和被风剥得臃肿的脸腮的疼痛。他心里的热火，燃烧着沸滚的血液。阻碍脚的积雪，被他踏溅着起了散花。他沉重地拔着腿步，急促而喘吁地奔驰。

转过了一个山脚，他已经看出远方的山峰间的血红的光影。

军号的急声，杂乱地飘来。交错的枪声里，夹带着马的嘶鸣。可是小钢炮的巨声，停息了，只有时断时续的机关枪，还是急剧地在扫射。人声的沸腾，从远处飘来，似乎是洪流一般的激荡。

极远的桦树林里，透来了饥狼的寒鸣，清晰而锋锐，表示着世界的冷酷。伸展着的雪层，像是无边的白幔，遮掩着山谷及沟壑。被风吹扬起的雪网，飞扑向远处而去。

刘强在雪雾里，挣扎地冲破狂风的巨幕，冲去，冲去。……围在他四周的人们，镇静地追随着。斧头和空枪筒，还是紧捏在每个人手里。他们拿这冲锋的利器，来肉搏，来劈杀……来砍击碎将要拘束到他们身上的绳索。

"旗，旗！"刘强惊喜地喊了声，他停止了步。

在灰色霾云满布的晨气中，一杆极小的红色旗帜，插在很远的两峰夹峙深处的山尖上。有如催动他们紧急前进似的，这旗帜在狂风吹击中迅速地摇摆着。

"来了！——压。……"刘强默瞅了些时候，突然扯开嗓子尽力喊。

在微亮的晨色中，他的狗皮帽子的大耳，贴近他嘴巴的地方，已经浮了一层厚密的霜；并且被严寒逼胁出来的鼻涕和泪水，已经滴满皮袖，冻成硬的冰屑。他一些也不觉得，狂喜地又喊了句："来了！

压。……"

一群人灯蛾似的,发狂地向沸腾着人喊马鸣的山峰间,飞扑过去,提了他们的空枪筒和斧头。

黎明晨色中插在远处峰巅的旗帜,更有劲地在狂风吹袭中,庄严而勇敢地摇摆着,摇摆着,极其迅速地摇摆着。

下篇完于"九一八"五周后

人与土地（第一章）

一九一九年的初冬，在中国渤海湾一带的乡村，是荒凉的。

树木完全脱光了叶子，空间整天飞扬着干燥的尘沙。就是风平日暖的天气，那一望无边的赤裸裸的平原，连草根全挖去做燃料的河崖，都是这样的贫穷，无生趣。使人觉得存在在这平原上的，只有三件东西：人们住屋构成的村庄，坟墓麇集的葬地，以及这村庄和葬地的剩余的空间——那就是说耕种有几千年历史的田地了。

那时候，北京正在进行提倡"科学"与"民主"的运动，而在这一带的乡村，中年男人还大部分留着辫子，妇女们缠着小脚。夜间在农民的避寒兼谈天的场所——地窖下，最流行着的掌故：是日本攻青岛的见闻和洋鬼子挖小孩子眼睛做电灯的风传。在这场所最得人欢心的，当然是来往青岛、烟台之间的运输洋货的脚夫、烟土贩子以及满洲或是俄罗斯回乡的海外冒险者。

这一年，俄罗斯的内战正趋于激烈，旅居海参崴十五年了的孙鸿魁，单人空手逃回山东莱州府的家乡了。路上消磨了两星期，现在，只距离他的出生的村庄四十里路。正当黄昏的时候，他是越走越觉着路远步艰，越走越觉着疲乏思睡了。

这是一个年纪有三十开外的人，肩膀搭着一件"扫鞑子"皮袄，一双粗大的手掌，抓住皮领，因为赶着走路，身上还有股热力，也就不觉得穿的短衫单薄。冒着阵阵掀卷的黄沙风，没有一丝冷意。脚下那双"八斤克"高腿羊毛靴，质底微微留着被凝雪冻结实后而又化软的那种痕迹，以致靴尖受到路石的磨撞，开始裂开来。他头戴着圆大的狗皮帽，两只遮耳结在脑后，嘴脸全被沿路飘舞的尘沙掩饰住，仅仅闪出两个能动的眼睛。相貌虽看不清楚，但打扮在这地界是稀罕的：脑后没有辫子。他那迟钝的脚步，挪得那么艰难。显然他是疲倦了。牲口群从他身后走来时，他就停住脚。半因累半因骡蹄揭起的尘沙，站一会子，藉避灰土的工夫休息似的喘口气，让赶骡子的脚夫扬鞭叱吓着走过去，才重新再走。

在他站脚休息时，望着四遭播种不久的小麦田和秋收后赤裸的黄色土地，间杂着，一会子遮隐在旷野卷起的黄沙风下，一会子又清清楚楚显露在这古老平原上的远近村庄、光秃树叶。他那宽阔眉额间就现出一点点有生命的活气，而且逐渐扩展开来，驱散那布满脸部的疲极思睡的死人气。那骡子项铃的落寞声音，就觉得格外动耳，混合着黄沙风的干燥呼啸和鞭啸，孙鸿魁深深觉到确是身在海南的味道了。海参崴的市内雪道和市外遍山遍野成片的冰雪层，暴烈的寒风，还在他脑子后时隐时现，但又好像他离开那儿已经年久似的，此外什么都糊模不清。当他走不了半里路，隐约在他那眉额间的一点点活的气氛，就逐渐缩小、死灭，一脸是木然的死人色，越来感觉越迟钝，连远远传来的骡项铃铛都听不见了。他的全部注意力都凝集在将要会面的老婆、女儿和各个年轻时的伙伴与街坊邻佑们的身上。但他并不因为将要和故亲旧友会面言欢而欣喜，倒是觉着越离家门的村庄近越忧郁，越悲哀绝望。正像一个赌手输掉他全部财产之后，离开赌场在回家的路上所起的那种悲哀绝望的感情一样。甚至他迟疑起来，他到自己村庄时进不进去。他从来没有过这样的悲伤感情，好像家乡一种力量等着他，无论是发财或是赤手空拳，总免不掉那力量在他日后生活上起作用。

现在孙鸿魁梦醒后唏嘘着自己的不幸的命运，以及白白消耗在海外十五年劳苦奔波的日子，他清清楚楚记得：出外时自己新婚不久，媳妇怀孕五个月了。当她背着许多送行的邻舍伙伴偷偷递给自己一手巾包鸡蛋,而被泰昌叔家的二有瞧见尖声嘘叫时,血涌到耳根,他满脸飞红,受着随之而起的哄笑。而现在呢!他是这样苍老和忧郁,他听到不止一声从自己嘴唇发出的叹息。

他俯着脸,寂寞地走,那两只属于诚恳爽直人所有的眼睛,黯然无光,黑瘦的腮颊因为忧郁分外显得憔悴,那显示着善良性情的端正鼻子,也越发显得高了。

像流浪年久的人,在离自己家乡不远的路上走一样,像时而孙鸿魁又燃起奔家心切的焦灼的火焰,但他两脚却沉重得挪不动。夕阳落地一半,北风仍呼啸着,孙鸿魁又听见身后的牲口铃铛响。他站住,决定借牲口背歇歇腿。他逆风遮眼望着,起初,只见骡耳和轿子篷,风势一过,谁家的轿车子整个现出来。骡子既壮,骡头儿又好,能够清清楚楚望见缩头袖手的车夫,抱鞭坐在轿车沿上打盹。轿车子走近来,孙鸿魁拱手打招呼。起初,那车夫不理,几乎连眼也没睁开。后来,他申述自己只盼望搭搭脚,而且离家门口没有多远了。那时候,车夫才打量打量他,臃肿的身子跳下了车。

"你知道这个车子,就是拿几百钱也不搭客。你是哪疃的?孙家疃闯崴子的吗?尽是攀人家的。"他的脸色有着一种愤怒,这愤怒是由于不高兴外人搭车而又无法拒绝引起来的。

"古庄吗?"青年时代又在孙鸿魁记忆里复活了。他倚着车篷,竖膝坐着:"我那儿有亲戚,麻子五你知道吗?死了多年吗?有孩子没有?那还好。"并不是他对死者关心发出这些询问,而是一个受人家恩惠准自己搭车的人,不得不找话套交情,能有一个叫得出名字的人和这个车夫有关的话,谈述着他,自己坐车仿佛安心些。

"你知道,不是咱不给人方便,骡子怀了驹子,累了半天还没喂口料。"车夫的愤怒开始平息,"你拿的是什么?老毛子皮袄吗?"边走边用手抚摸着:"可不离,值几十两银子吧!真是稀罕物。"

他们开始继续攀谈。车夫名叫小六，是雇在举人府赶了半辈子车的鳏身汉子。他的神色，逐渐焕发。那扁脸、狮子鼻、阔嘴都活泼起来了。辫子盘在头上。他穿着一身走亲戚的新罩袍，前大襟卷在腰间，并用粗布腰巾系着，这样他走起路来两腿格外健捷。风势又起，以致孙鸿魁不得不提高声音说："海外人慌马乱的，去年春天，海参崴叫日本海军占了，还有捷克兵、美国兵。他们都帮助富党打穷党，因为穷党造反。我动身时，海参崴还在日本子手里。住纪靶司五里次的……他们叫中国街是纪靶司五里次——那里都是咱们人，有的逃到东三省去，有的要回海南家，可是船上没有熟人，走也真不容易。"他的语调很高却无力，仿佛这话他已经对人说过几十遍，而现在不得不再说一遍那样："咱们这地场太平吗？举人呢！有七十多了吧？我想想看，恐怕正经七十多了，我小的时候，到你们那疃看过戏，那辰光他还没科举。"

"那辰光举人家正是花开三月的时候。"车夫小六的谈话被孙鸿魁的话头点燃起来。忘记了对牲口叱吓，随走随说："现在外边看看吗，还是份人家。"风尾一过，他的声音低下来："门还撑着，里边可就空了，这几年你知道，革命军闹的银子也不值钱了，说这话还是前年南军打袁世凯的时候，五个月咱们这地场没下雨，真是旱年呀！一斗高粱卖到两吊三，一升小米都得四百钱。满庄满屯，有几家不靠着柳树叶儿过日子！就拿举人家说吧，小一辈，哥儿四个，三盏灯，外加一个媳子和举人两盏。分家？嘻！你说得那么容易，举人只要有口气，谁敢说分。我看倒是分了还能出几个便家，在一块儿，妯娌们谁不钱口袋朝外伸，哪像正南把北过日子的主儿。"

车夫小六一住嘴，孙鸿魁不由又唏嘘着自己离乡背井，白白舍弃在海外的十五年的漂流日子，最伤心是自己手头又没积下半两银子……望着在夜色中渐渐消沉的繁密村落和展布在村落树丛间的片片墓地，孙鸿魁渺茫地思索，没有听到轿车走动而声音落寞的骡项铃声，也没觉到车夫小六在风息声寂中，正对自己讲着话。

车夫小六的话兴极旺，那像是他自己在说给自己听，并且又像话本身是借他的嘴流出来似的，喋喋不休。他也看不清在隐约中闪动的孙鸿魁面影，是不是注意自己的话，尽管谈。他跟着车轮走，手扶轿车辕，间或给骡子一鞭。他说自己这趟就是到掖县送东家二份媳子回娘家。她和小姑吵了架赌气回娘家去的，他顺嘴咒骂她，并且抱怨她娘家那些吝啬鬼，连送亲的牲口都舍不得给豆料："我说这话是不是？亲戚，什么是公骡子牙口年轻？怀了驹子的牲口了。"他谈吐间，第三次插入这样的问话，这才注意到车上的客人什么时候已经睡去。

醒来，满天已是星斗。风平气静的冬夜，旷野只有落寞的牲口铃铛的响声，孙鸿魁立刻明白他是坐在轿车上，望着四遭黑沉沉的夜野，以及从老远光秃林丛间透出的闪闪灯火，他又想起海参崴冬季所有的大雾和白雪，顿感身子有点冷，披起"扫鞑子"皮袄来。

在寂寞走着的小六，告诉他距离孙家集还有五里路程，孙鸿魁跳下车，他以为走动走动，暖暖脚，身上血活一些，比坐着好。

"亲戚。冻得慌不？这天气可真煞实，下来跑跑倒好——你这一步挪不了四指的杂种。"顺手给骡背一鞭。

"咱们家下过雪吧？"

"那——早呢！"小六说，"交九才下雪，海外这时候落雪没有？"

"河都冻了，哪像咱们家还能见到一两根黄草！这边是什么屯？"

"王家。我们东家三媳子的娘家，我来过两回，这个疃不大，可净产俊人……"

"住那头儿的——大门王家吗？敢情我熟悉，小时候在那做过营生，就是大门王家的琴姐吗！"孙鸿魁故装冷淡地问。他的眼前立刻映出一个细身材、尖嘴巴、红脸蛋，有着两只明亮眼睛的闺女。他记不清她待自己的情意是多么缠绵，深深印在脑子里的，除了俊俏动人的身影和一对尖俏的小脚外，还有当他辞掉营生成亲的那年，破例到孙家疃姥娘家。那是她姥娘死后，五年没有走动一次的亲戚。当孙鸿魁接亲后按规到本疃各亲戚门上道谢的时候，在族婶那个老太婆的外屋，回眼遇到琴姐，从门帘缝露出的两只羞恨的大眼，瞬间即逝，以后就再没有见到她。在流浪海外那些寂寞深夜，那两只羞恨的大眼，常常出现，常常给他安慰与骄傲，而这安慰与骄傲是往往属于一个中年人想起青年时代曾经博到过少女的妒忌而感到的那一种，但现在孙鸿魁却叹息了。她和她的许多人们是多么幸福，只有自己的命运，是这样的不顺心。他想，十五年了，带回家来的还是一只赤手一只空拳。

轿车路过孙家集村口，小六擎鞭指着道。孙鸿魁连声邀请他进庄歇歇牲口，小六辞谢他，他们打了个招呼。

孙鸿魁直望着轿车影子消逝在夜色里，空间只剩下辘辘的轮声和骡铃鞭哨的交响，才悄悄入庄。远远传来狗朝天河那群碎星吠叫的声音，是二更天的时候了。

二

从孙鸿魁匆匆走过石板桥的姿势上看，就知道他和别离极久的妻、女、亲族会面的心情是怎样焦急。他没心看那河流两旁丛生无序的堤树在悠久的岁月中有没有被村人砍伐或是变了位置，也没有注意到沿河那道村有的矮土围墙倾倒败塌的程度。低头俯眼，匆匆顺着村舍和土围墙之间的小胡同走去，孙鸿魁眼前现出他所熟习的南场园。星辉下，围门外的拴驴桩，冬季打场用的石碾，都清楚而且眼熟。朝南的东西两方窗，一只没有灯光，一只被高大的秫秸垛遮挡住。

不知一股什么力量冲动，他脑里浮出一个戏谑的念头。他想吓吓自己的老婆之后，再露面，给她一种喜出望外的刺激，不是怪有趣的吗？他悄悄走到西窗口。好久，他没有听到屋里有声音，立刻他又嫌恶自己这种轻薄。人真奇怪，什么样的想头都会有，真是小孩子气！他想。用手指轻轻扣着窗："睡了吗？开开门。"没有名字可叫，又不知自己孩子的小名。久久，里边不应声，他有点困惑，同时他看见东窗的灯辉，映得秫秸垛一片红。那是他自己弟媳妇的住屋，不能轻意惊动。起初还盼望叩门能听到自己老婆的动静，当门开处，现出脑门留着一绺童子发的男孩子时，孙鸿魁断定她大半往刘家集住娘家去了。

"俺爹没在屋，到窨屋子去了。"

"谁在屋里？"孙鸿魁站在那里问，因为那男孩子说完，就要关门似的，门口只裂开能容他两眼外望的一道缝。——这孩子是谁呢？聋子的吗？他想。

那男孩子显然被这变软的声音所惊。孙鸿魁明白孩子初时是没有料到他是远客。等到他又一次说屋里没有人，那声音已经改变作夜深对外路人说话所怀的警惧口吻，并且他还询问他："你是做什么的？"

"你先让我进去，小杂种。"孙鸿魁用往常人惯在夸奖自己心欢孩子时所用的句子："叫你爹去，你爹到窨屋子去做什么？"

那男孩子尾随这陌生客进屋，仿佛自己没有力量拒绝他，只有监视这汉子是要做什么似的，两眼怯生生的。他穿着大人的短袄，以致衣襟拖到地。不见裤子，仅露两只赤着的脚。

孙鸿魁摘下帽子，脱下"扫靸子"皮袄："你娘呢？"男孩子不作声，望着那人齐头剪掉的短发，瞬间，抽身跑出去。

"这小杂种！"孙鸿魁不禁笑着，有趣的是小一辈的人连立在自己面前的亲人都不知道，还吓跑了："定是老二的孩子，可不离。"

窗台上放一把带油壶的菜油灯，孙鸿魁觉得红光四射。炕席上的边角破裂开来，壁纸现着为日久灯尘所熏染成的古木色。地下尽是质劣色旧的粗木箱、桌、柜、椅。孙鸿魁怀疑日子过得是艰苦了呢，还是弟媳妇生性懒惰？看看这个，望望那个，又想很快离开这里到窨子去和亲友们碰碰面，又怕自己老婆、弟弟们回来扑个空。他坐在那里，焦灼不安，时起时走，最后他走到西屋门口，推推，关着摸摸，有把锁。他重新回到东屋，两臂交抱，痴立一会子，星夜静得能够清楚地听到屋后传来的牲口吃草声。他想家业料理得一定不错，能拴起牲口了！又一想，窗外场园角上的高大秫秸垛，至少是十亩地的出产。他又一次走到西间去推门，那像是去询问自己的老婆，家道怎么会凭空兴旺起来似的，及至推不开，才记起自己曾经推过一遍，他重复断定她是回娘家去了。继之，他又开始怀疑这屋子的主人。许是典给谁了吧！他想明明自己出外的时候，家里总共四亩地，亩半祖茔，弟兄两人每人分到二亩来谱。因为凑自己出外的盘缠，把聋子的娶亲钱都用了。还记得那亩半祖茔，就因为那笔钱而不属于自己了，虽然自己是长房，照理应该多一份。那么哪里会有那样高大的秫秸垛？加以刚才那陌生的男孩子的语气，他一会子肯定自己猜疑，一会子又否定自己的多心，准是老二那聋汉发了财，虽然他自己也不相信这假设的想头。想着想着，他第三次走到西间去推门，"啧啧！"他叹息着，恐怕他也不知道这叹息的原因，是由于推不开门，还是怪自己的健忘。他眉毛紧蹙，这是个性暴躁的人在焦急当儿所常有的神色，他愤恨起婆娘们深夜不着家的恶习。方才没进屋，悄悄在西窗跟前企图作弄自己老婆的那股兴致，完全消逝了。假若这时他的老婆走进来，就是他自己也知道没法使她发觉不出自己的愤怒。

  起初他还切望着能听到那陌生孩子招来的人声。他认为那男孩子是去报告自己爹爹的。现在他却忘记了是在等候谁，而正在他忘记的时候，那男孩子拉着一个壮年农人出现了。

  这就是孙鸿魁的二兄弟孙鸿举，头盘一条粗辫子，身上穿着从没补洗过的破棉袄，打扮完全像是一个失去妇人们照料的鳏夫。矮身量，脸色现着结实体力所有的棕黄色。他的那两只厚皮眼睛望人时，带着一种聋汉必有的阴险忌疑的光，仿佛他的眼睛兼具听觉一样。

  孙鸿魁还没有来得及启唇的工夫，他就望见聋汉眼光中的猜视，猛然透出吃惊的成分。这一瞬间他的暗沉沉的脸上,浮起一朵光辉灿烂的气氛,渐渐展开来,那两眼原有的猜忌和惊讶光辉,立刻变成狂喜欲喊的神气。他的嘴唇颤抖着。孙鸿魁望见他的眼睛里满是欲滴未滴的泪水了,他的脸色可是红光满片。

"难过什么?"孙鸿魁附耳向聋汉高声说,"你还认识我?我可不敢认识你了,你真是个大人了。"于是在孙鸿举脸上,展开无声的笑的花朵。用手背揩泪了,那泪水在他听哥哥说话时,已经流到鼻肚边。孙鸿魁的脸色,立刻被弟弟的感情传染了,眼睛也喜悦得湿漉漉的,实在要失声大哭似的,他的容光焕发,作着兴高意浓当儿不知说什么的样子。

"你大嫂呢?"

"谁?去世了。"孙鸿举高声说。

孙鸿魁的脸色骤然变白,然而这只是一秒钟的工夫,立刻就恢复了以前平淡的样子。稍久。沉默着,弟兄俩都似乎在想什么话说。

一秒钟以前在孙鸿魁中眼里生光的一切东西,现在却黯下来。他没问死的日期或死的原因,什么他都没有想。

"金柱他娘也死了。"孙鸿举终于又说,"今年刚满三周年,粉儿在她姥娘家。……"

"粉儿是谁?"这话的声音极低,孙鸿举不得不用眼睛向金柱的神色间寻找孙鸿魁的问询。

"粉儿是我姐姐,大娘死了,她就到刘家集姥娘……"那叫做金柱的男孩子,在他们老哥儿俩谈话的时候,是一直手攀住聋汉的大腿打游荡,同时用那乌溜溜眼珠注视着孙鸿魁,蛮有智慧气地听着,可见他对父亲是多么亲爱而毫不畏惧。他用口咬着自己手指,话没完,被进来的人们打断了。

屋里立刻热闹起来,悲凉的空气完全被那些充满活跃生命的寒暄声音所激动,变做新鲜的,而且兴奋的气氛。进来爷儿三个当中最有兴趣的是泰昌叔家的大丑。他几乎激动得一见孙鸿魁的面，就要跳到他的肩膀上去鸣叫的喜鹊一样，喳喳不绝："哥哥，你什么时候到家？""你怎么哑默悄静地进了庄。""我就是在围子墙角照鱼着。"他连声叠句地问，两眼闪着热烈的光。那姿势简直要抓过孙鸿魁凿几拳头。以致二酉三侠和孙泰昌，都不得不笑嘻嘻地等大丑话柄完竭再插嘴，并且孙泰昌随嘴，一边笑一边咒着："他妈妈，这孩子撒欢撒的！"尽自走到炕沿坐下，提一条腿踏住炕沿木。二酉则和孙鸿举高声问什么。

孙鸿魁年轻在家的时候，每逢端阳节后的渔期，都是和大丑结伴到龙口挑黄花鱼的。野台戏场，赶山赶集，能找到他们两人之一，另外一个不用喊，就会跟来了。只有元宵节跑高跷的脚色里没有孙鸿魁，但是他常常追随高跷出庄九十里以外，仅仅为了陪伴他夜路回家，就等他个大半夜。

现在大丑依然活跃有力，他的身背阔大，黑发光润，结着黑丝辫绳，短襟大袄，系着块黑腰巾，浑身看不到有块补丁。他的前额现着古木色，下颊宽大，一对眼睛充满机智的光，明朗朗的。二酉却是纯然出身乡土没见世面的汉子，一脸憨直气，由于农闲期操着炸油条的营生，以致满胸都是油腻气味。

大丑，开始谈着家庭一切的变迁，他告诉他粉儿已经是说亲事的岁数了，又说自己已生了两个儿子，整年想闯海外的念头所以没有实现，完全由于儿子们的牵扯等等。这时候，孙泰昌装上第二袋烟，抽第一袋烟的工夫，他只得空插了两句嘴："你在海参崴碰见粉儿她大舅着吗？""粉儿她姥娘在家可饿死了，养了个好儿子，闯外连个准信也没有。没死了吗？"以后再没接上口，对不住嘴只知自己攀谈的大丑，他有些厌恶："你不回去照料牲口？说起来还有个头儿没有？"大丑洗着脸答应声，对孙鸿魁扬手招呼下，走出去。之后，孙泰昌老头子才低声稳气地说话，那神色仿佛在年久不欢的人，碰到攀谈对手而要发泄满肚气愤那样严峻。

"看样子,你没剩下几两银子吧?那么该有封信回家了!你知道粉儿她娘过世的时候,还念诵着你?我不是长辈说话不论轻重,离开窝的燕儿,一学会飞就忘记原窝了。"

孙鸿魁阴沉沉的脸上,透出个无声的苦笑。其实他没有听清楚他的叔父在说什么,他望望孙泰昌老头子一口口地吐着烟,那默默低俯的眼睛是多么忧郁无光呀!噗噗!他心里叹息着,人怎么都会老,都会死呢?好像他第一次注意到生和死的问题一样。他一直是很平静的,坐在贴东墙炕沿上,弯躬腰望着炕沿下吊着的自己那双穿"八斤克"的大脚,时而玩弄着手指,时而不自觉地发出声低低的叹息。

二酉高声和孙鸿魁谈着关于诊治驴病的经验,这是由于聋汉新值买的那匹母驴不欢喜喝水而引起的疑难。二酉无非是因为和孙鸿魁插不上嘴,借这话题发泄发泄谈欲。现在二酉听见父亲用训斥的口吻申斥孙鸿魁,就提醒孙鸿举那聋汉:"该给咱哥哥煮饭了。"心里大不以父亲第一天就给孙鸿魁过不去为然。

"三侠回去叫你嫂子们给你玉堂哥哥煮碗面汤!"孙泰昌吩咐句,继续着自己截断的话线:"你想日本兵进青岛,接着几年兵荒马乱,又旱又涝。家里四五口人,哪天不得几两钱喂着。又完粮,又得纳税,你们跑出去闯外的,可倒好!冬天皮大袄一穿,倒暖和,还能想海南这块生出你们的地方?这是爷儿们近便,我还活着,说说,你不愿意听就罢。"

孙鸿魁两手撮住下颌,沉默着。悠远如梦地追忆起海参崴海滨的日本兵舰和一九一八年夏天成立的富党西伯利亚自治政府抽派兵夫的情形。他想若是穷党不造反,那该是多么幸福呀!至少一块卢布不会仅换几毛大洋,那么或多或少,他总能带回几十块大洋钱。他不知道自己怎么从"人为什么死"的问题上,又转到财物。他的眼光迟钝,两手又开始相互挖弄指甲。什么时候,金柱把他的狗皮帽子给他戴上。

当他觉着有人摸他割短的发尾时，才注意到他，但他没有动手摘，尽让那男孩子时摘时戴的，不动也不理。孙鸿举也熟视无睹，而且他的神气还很自得似的仿佛说："让那孩子玩一会儿吧！"

孙泰昌还要说什么，二酉悄悄递个眼色，那眼色说："别说他吧！人家赶了一天路，怪累的。"

他们似乎都以为孙鸿魁的丧然神色，完全是由于劳顿，从没想到他会为了以后的艰苦日子忧愁，更没有谁想到他会因为那死去的老婆而悲哀绝望。因为那样就是说知道愁日子，爱老婆的话，他们想他从前绝不会一两银子不朝家捎。

三

孙家疃这小小的村庄，容有四十多户农家，人口总数超不过百家。属于这村庄所有的土地，通共百来亩，而且又是洼地。平常雨水不缺的那些丰收年月，孙家疃满庄也找不出一户能够整天三顿吃高粱面儿的人家。况且蝗灾水涝常常一年占两季，以致孙家疃从远古某个逃荒的孙氏祖先在这片洼地盖起一座茅草屋那年代起，到孙氏一族由繁殖蔓延而居然组成一个村庄的现在止，从没有过繁荣的时期。每家都是平平凡凡地过着起早拉黑的庄稼生活，人们在茅草顶、土墙，而满地又发着终年不见阳光的潮湿的屋子里生出来，冲过几个夏季流行的各种病灾时疫作狂的幼年时代，河边割草、挑水、牵牲口，慢慢到达生命力勃发的劳动年岁，锄草、耕地、播种、扬粪、娶亲生子，一直到衰老、死亡，从没有人离开过出生他们的这块地。谁也知道"不发外财不富"这句至理名言，然而谁又找不到不离生长自己这块土而能发外财的营生，几世纪孙家庄没出过显贵人物，几世纪孙家疃没有过能读完整部"四书"的学童。

当清末光绪年间，颁布"满洲解禁，奖励汉人出关"的诏书的时候，孙家庄这庄村史上才产生了舍乡外出的三个人物：一个是赌棍，一个是烟土犯,另一个就是被控告为杀害天主教徒的主使犯孙鸿魁。

他们由黑龙江到乌苏里江,再流浪到伯力,流浪到沿海州阿穆尔,直到海参崴,烟土犯人开始在俄国渔船上当水手。孙鸿魁在市外制盐厂,卖苦力。而赌棍孙鸿禧起初和黑河的土匪打交道。后来孙鸿魁听说他已经洗手,七八年行踪莫明,无信无息,所以孙鸿魁回乡这消息,当夜就给全村一个震撼。每户都以这海外客的幼年生活做谈资,纷纷猜论着。

谈论最起劲的,是孙泰昌子孙满堂的家庭。

孙泰昌的家庭,除了自己,光孩子辈儿八口。两个媳子,三个孙子,最小的三侠,去年也定了亲。对方是刘家集刘喜安的大闺女。女方欢喜三侠的一副漂亮面貌,孙泰昌这边因为亲家没儿子,是贪图婵姐儿随嫁的三五亩田的体喜。从父亲手里,孙泰昌和大哥每人分到手四亩中等田。几年来,人手增多,又租了八亩河边地。整年省吃俭用,孙泰昌家的日子,是一天比一天超庸了。老大在农闲时到龙口贩鱼或挑一夏季莱阳梨,赶集赶会去销卖;二酉就挑着油炸担子拉乡,以致现在已是槽头拴得住两头毛驴的中流户了。

这天夜晚,孙泰昌家有着半壁土墙的炕上,添了个稀客。那是本族孙泰运家的大女儿,出嫁给人做续房的,男人是刘家疃姓李的主儿,也闯外近十年样子。现在是碰巧住在娘家。听到孙泰昌的侄子闯外新到家的消息,就蹀蹀着来了。虽然是中年的岁数,她的容颜却已衰老,并且由于过度操劳和家事不随心,她的眼睛,就终年终月潜埋着一个寡妇守空房那种郁闷不欢的气势。她的手里编织着做草帽原料的麦秆辫子,从她一边听话一边编掏的机械式的动作上看,不难知道她是多么勤谨,间或也插一两句嘴。她那矮小的身子坐在炕沿上。大丑媳妇坐在炕里,两腿盘着,按照中国乡村妇女习气,两只穿软底绣鞋的尖脚交盘在短褂掩盖下,外边只露膝盖以下那两只腿骨。她的圆脸蛋上,放着洁白的光辉,一对黑黑的眼睛间,隐约可见狡黠难测的灵性。她现在正替粉儿愉快地叹息着:"不管怎么的,好歹爹是健健康康回家来了。不是叫外人看着还是份人家!再说粉儿那丫头十五六了,该找婆家啦。守着自己闺女到嫁出去,他不也算做了场爹,粉儿也不枉盼望他一回。"

"姐姐,你不快去打听打听他姑父和他大叔在外面混得怎么样了?赶是没让毛子老婆迷住,别一辈子不回家了。"说话声音很粗犷,从隔壁二酉媳妇屋传来。她刚离开这里,回自己炕上去哄那睡醒而哭啼的小嫚。大丑媳妇立刻用眼睛凝望着卯他娘,那眼睛似乎说:"你听听我们家这个聪明妯娌说的话,多不中听。"

"咱不去问,随他们回来不回来呢!"卯他娘低着脸高声说。她没有觉到大丑媳妇注视着自己而等待她了解的眼神,在她迟钝的思维力里,充满对那代名称——姑夫——的反感,无论什么话,一沾染着与她丈夫有关联的名称,她的脸色就会不自主地变成气愤而忧郁的灰色。仿佛她是完全出于真心诚意,不使自己心里有一点关于丈夫形影的存在,但那影子却偏偏在她日常生活中寂寞的每一瞬间出现。而且连她自己也不知道,她今晚突然地来到孙泰昌家,全是隐藏在自己心底的那想知道一点自己丈夫在海外生活的启机所促使的。对于自己兄弟那个赌棍孙鸿禧。她确是实实在在像她心中所想的那样不关怀了。她编掏着麦草辫,沉默好久,一条麦草在编掏当儿折断,她像把全部气愤集结在这条折断的麦秸草上似的顺手撕下来,有力地掷掉:"真气死人,才从水里捞上来的,一会子就干了。"她像对麦秸草说话,又像对自己说。于是在她对面的珍姐哧哧笑起来。她是背贴墙坐在炕角,一向不响地,她的额前飘散着刘海式密发,两只扎结贴在耳后。当她嗤嗤发笑的时候,她那姣美红润的双颊,浮起一股天真活泼的光辉,完全是十四岁的秀丽的女孩了。当她受那灵性母亲警告一般地一瞅时,那股天真得使人见到仿佛暑期遇到清水池塘似的喜悦,就立刻消散,她那红润的双颊还是极姣美动人。还是红润悦目,但那仿佛变成一个既恬静又大方，属于大家闺秀的姿态。

隔壁哼起催孩入眠的鼻声，大丑媳妇继续和卯他娘闲扯。有时她询问："卯那孩子还孝顺不？""小九和卯，弟兄俩凑合得来？"小九的娘就声怒神恼地说："卯那孩子还懂事！咱可也不指望他能养老送终。"大丑媳妇随和着说："真是，不是自己亲生亲养的，不管怎么好，到底隔着一层。"诸如此类的话。

"卯还没定亲？"二酉娘妇的粗憨声。

"咱做不了主，等他那丑爹回来吧！"小九他娘也提高声音说。

"谁定亲？说谁？"大丑出乎人们意外地闯进来，"姐姐你给俺家珍姐保个媒吧！你们刘家富庶！……"

"我会说媒，早好了。大兄弟！"小九他娘额间透露一点喜意，因为有人来托自己给闺女找婆家，在她是荣耀的，"说媒得舌尖生花，咱这嘴头哪中。"

"你没问问莲姐他爹在海外……"

"他们不在一个地方，咱姐夫闯什么地方？不是黑河。咱哥哥在哪？"大丑打断自己老婆的话，"姐姐，鸿禧哥在黑龙江，听说还是不走正道……"

"他会走正道，除非天下没有了骰子。"小九他娘口吻十分肯定。她不愿意知道他们俩，任何一个行踪和来路，正像一个有顽强毅力的女人，不愿意听到所拒的求婚者的一切一样，实际上，虽然是又巴望别人说几句。

"咱哥哥还带几个来？"大丑媳妇问，她防备自己丈夫离不开那话柄，而顺嘴说出不着那阴沉婆娘欢喜的话。

"海外又不是满地金沙豆，要吃麦子还得期地下撒种，你想干正道的人，还能有财发！"在炕沿上敲着烟袋锅，大丑就贪涎地抽起烟来。他那方形的脸，充满兴奋的血色，两只明爽眼睛闪闪有光："他把辫子都割掉了！要这东西做什么？他娘的。"他把黑辫绳朝后一甩：

"十五六年没见，他还那样？"

"他这回不打算出去闯了吧？"小九他娘问。

"我看他住不了半年。在家做什么？吃杨槐花？人活一辈子为的什么，横竖在海外一天有三顿白面包吃？"他的腿踏在炕沿木上，另一只腿站在地下，弯着腰，仿佛孙鸿魁给他带来幸福的憧憬一样，他似乎思索着，其实他打算抽完这袋烟去给牲口拌料，回头和孙鸿魁畅谈一宿。

"那可不能那么说，好歹留在家里，是份人家。粉儿又那么大了。"大丑媳妇说，脸朝着小九他娘："是不是？姐姐？"

"这，咱不知道，男人们肚子里都是些什么？"

"树活全凭根。咱活了这么大，加上从小闻听人们说，闯外就没有发财的。"大丑媳妇怒声怒气说："离开乡离开井，哪一个回来，不又老又瘦的。你当在我娘家庄上还没看见过关外客。"

大丑歪着脸，凝视自己老婆那双黑黑的眼睛，神气是在说："呵哈！你这婆娘！什么还蛮懂得呢！"大丑媳妇在他那明爽而兴奋的两眼注视下，逼出一个笑来，那神气仿佛说："怎么的？你当是我们婆娘就不懂什么了。你看那怪脸！"在这寂静的瞬间，珍姐又一次止不住嗤嗤地笑。而小九他娘用眼睛望着，心想这对小夫妻在我眼前卖娇呢！妈妈的。

不久三侠回来嘱咐嫂子煮面，大丑就起身去喂牲口。小九他娘又说："闯海外，都在身旁修理下窝了，还想家！"她不知说这话的本意是引人"你放心吧，他不会忘了你"之类的安慰话，那口吻似乎她不希望人家说什么，只有叹息一样。而且她又明明白白晓得自己丈夫似乎是不会不弄个外国老婆的人，但她实际上可盼望人家说："人不要疑心，他是不会的。"正像一个母亲守着病危的孩子，虽知道病人已经奄奄一息的时候，却希望有人说那病不关紧要的话一样。不料大丑并没有十分看重她的话："那你当是怎么？他又不是傻瓜……"这话的尾音，小九他娘听不清楚了，因为大丑媳妇和二酉媳妇在外间争执起来，妯娌俩遇到在大伯跟前献殷勤的机会，谁都不肯放手。

"我来擀面吧！小嫚他娘你歇歇，你不是还有二两棉花没纺完吗？"

"中呀，我来擀吧！"这是粗重的女人声音，她已经从里间蹀躞出来，一边结衣扣，她的嘴唇蠢厚，永远闭不拢。那鼠式的长牙切露着，十十足足一个大手大脚的又粗鲁又善良的女人。

妯娌俩都扬声笑着，争执这稀遇的工作，但彼此又知道彼此的心意完全是为了能争得这讨大伯欢心的机会。最后，大丑媳妇回到屋里，眉眼充满气愤时应有的青白色，不久以前欣悦舒静的光辉完全消失了。

"小嫚他娘，你要擀，你就擀，别冒冒失失把面撒了！找什么？"她在屋里说，"怎么我听见油瓶响，你赶是没弄倒了——你不先洗洗手，就和面。"接着朝小九他娘皱眉，表示无法对付这聪明妯娌的神气。

"洗手呀！怎么不洗？你没听见我舀水。"这声音也带有点不欢快的意思。

小九他娘趁机辞退，这晚上给她的最深印象，是大丑夫妻俩那种情意浓密的相互凝视，尤其是凝视中现在大丑媳妇脸上的幸福的笑。

四

这大半宿，谈话最多的是孙泰昌。平常日子，他很少有谈吐兴趣。全村的人也没有一个和他有谈缘的。邻舍亲族又很少和他来往，即使有红白丧喜事，都是找大丑出面帮忙，甚至三里五里的外村，连孙泰昌是什么人，都不知道。大丑和二酉的名声，可例外地传遍了远近大大小小各村庄。提起"孙家疃卖油炸鬼的"或是"孙家疃跑龙口贩黄花鱼的"，真是有耳皆知、无人不晓。

起初，孙泰昌谈些家常，着力把聋汉的劳碌和不幸说给孙鸿魁听，生恐他日后和兄弟算账没有顾忌。他说，粉儿若是没有他叔叔婶婶的善心体贴和抚育,她不会出产得那么俊俏、伶俐,像一个大家闺女似的,既懂规矩,又知道理。并且加强地说孙鸿魁老婆的病极重,有几个月只草不能动,聋汉在给她请医求巫的那些药味香火日夜不离屋子的日子,他是欠了以至卖三年夏季短工才清偿完的债,而连同她死葬费用及聋汉自己老婆的殓殡、花销,他现在还没有完全从债务里拔出腿来。实际上,他这些话,都是昧心的,聋汉存在他手里有十两银子,他自己知道,他说的话二酉也知道是假的,但是他却自自然然的,毫没有感到在自己儿子面前说谎的顾忌,而且他也并不想欺骗聋汉那十两银子,所以说谎的本意,他是想给这个从海外空手回乡的侄子一个重大打击,他嫌他的悲哀绝望的程度还不够,仿佛能使这流浪海外十五年而一个制钱未曾捎回来的人痛哭流涕,才能称心一些。其实,即使这流浪海外十五年的人发财回来,孙泰昌还是一个边也沾不到,那么到底为了什么呢?恐怕就是他自己也不知道。

　　他竭力叙述聋汉支持全家生活的悲惨,借以加重孙鸿魁的痛苦。说话间他的嘴唇时时吸口烟,为了怕它熄灭。孙鸿魁永恒地沉默着,只在吃面条之前,说了句:"大爷,你不吃口!"之后,他塑像般坐在那里,两只手掌捧住腮颊,用什么也没有望见的渺茫眼神,望着自己交叠的两只大脚,他浑身沉重,昏昏欲睡。他没有听清楚,孙泰昌是在说什么,仅知道是替聋汉抱委屈。

　　最后,孙泰运、孙鸿禧的弟弟孙鸿选,爷儿们来了。孙泰昌停止他叨叨不休的话流,和他本族的哥哥打着招呼,之后就同孙鸿选谈到冬耕上来了。

　　孙泰运的身量短小,满脸皱纹,嘴唇掩遮在胡须下,那胡须又乱又干燥,一冬没动剪子修饰。眼睛闪着一个慵懒人所有的无神无兴的迟钝光辉。他没有和孙鸿魁寒暄,仿佛后者是刚从五里外的集上回来一样。

　　"俺家老大你碰到了吗?"他的声音破裂。

"宣统二年头上,我们分了手,再没见到。听说还在黑龙江,你老还挺健康呢!"

"也不中了,这几年眼色也不济事,常常咳嗽。"那破裂的声音有一丝纲线般发出颤抖的动静,继之是一连串的干咳,"听说,听说……"他发着喘:"老了,不中用了!听说老二不干正道?不知道,噢,回家打算住下去吗?家的营生可不攀海外,还能吃下苦去?"

孙鸿魁的脸上,又透出个苦笑。这时他让出座位给来客,自己站在门边上,一只腿挺直地立着,另一只腿弯曲着,脚尖触地交搭在另一只脚背上。孙泰运坐下来:"你们东边的地头上,听说叫人偷了两棵树?"

"谁说不是!砍倒两棵。一棵多半是因为天亮了没来得及拖,他妈妈的。"孙泰昌说。

接着他们老哥俩,谈起彼此的近况来。孙泰运说自己的大女儿带着外甥女回来一集,又减少了两升高粱。孙泰昌也叹息着粮价的高涨:"真是一年不如一年呀!"接着问:"小九他姐姐说了亲没有?""他爹不弄回几两嫁妆钱,怎么说婆家。"孙泰运说。

从他俩谈吐间,孙鸿魁知道他俩是日久没有见面了。就是这阴湿的屋子,也是十八年来极少有人肯聚首谈天的。孙鸿选就证实了这点,他的永远有着讥笑光辉的眼睛,左看右望地说:"这还有好些家具,聋汉你也不整理整理,就这么糟蹋了。"显然他是觉得哑静地站在那儿窘,为了说话在找题。

"他哪有闲心收拾屋子,整天光两个没娘孩子不把他累毁了。像你吗?还有个长短工帮你刹草浇粪的。"二酉说,他和聋汉坐在矮凳上攀谈着。

大丑和三侠这时闯进来:"好喔!人都满了。"地下年小一辈的立刻活跃了。孙鸿选回答大丑的戏谑:"你当是光你有俊媳妇的人能来,俺就不能来了,是不是?三侠,你嫂子不罚他跪砖头。"聋汉用眼睛猜摸着人们的脸色，也霍霍窃笑起来。

整个屋子充满兴致淋漓的话声，正像许多少女在一个青年跟前互相娇笑嬉闹一样，她们谁都明白这兴之冲动，完全是由青年带来的，但对他却又不理会。他们也不理会孙鸿魁，尽自喧笑、攀谈，而这尽兴尽致的话声，对于炕上的老头儿慢钝的闲谈，却毫不起影响。他们说着各自的春季计划，打算某块地种大豆，某块地插地瓜秧，以及谁的花生种子好，或彼此询问着肥料够不够用等等，看见孙鸿魁两腿还是一直一曲地交脚站着，肘压门闩打瞌睡，孙泰运才站起来。那时，孙泰昌说："时候不早了。"地下蹲聚的一组，也纷纷立起来。

当两个老头儿，离开场围。一个又低问："还带几个回家。"

"不在海外吃了嫖了喝了赌了，年轻轻的，你想还朝家带。"

"真是！"叹息着又说，"三星快斜了，明早再见。"另一个答应着，分开来。

后一辈的大丑、二酉、鸿选、三侠，依然兴致蓬勃地讲着，但却换了话题。

"他辫子都割了去了？倒是割掉爽快。"

"哥哥。"三侠两眼紧望着大丑说，"他怎么那样站着两个腿一直一弯的。"

"那是外国站法。长大了闯海外去吧！别在家吃红饼子了。"鸿选说着离开他们，"明天你们到哪块地浇粪？好吧！我也浇南边的。"袖着手，跑开去了，大丑也抛开弟兄俩一边跑一边高叫着："好——他妈冷，要冻掉耳朵。"

声音在深夜里嘹亮而又悠远地飘开去。

临睡觉前，孙鸿魁从腰里解下两吊铜子："把它放在柜子里。"他附着聋汉耳朵高声说："这是剩下的几个。"

"呵！放在柜子里。"他附着聋汉的耳朵高声又说，"明天你去接粉儿回来，我看看。"

不久，孙鸿魁沉沉入睡。第二天太阳刚离地，孙鸿魁就在场圃上来回地散步了，心底平静的，渤海南乡村的早晨，是多么美好呀！闪着耀眼阳光的高秋秸垛，伸展着清淡的影子。在地下，几只母鸡用爪刨着垛脚的碎叶。公鸡在墙顶上凝望着什么，一腿弯曲，一腿站着。早晨气息，又新鲜悦胸，又寂静息耳，只有公鸡偶尔咯咯的低鸣，是这广阔无涯的宇宙中唯一的动静。这一切是多么温暖，是多么幽静！孙鸿魁的一切欲念、奢望，对命运不幸的悲哀，以及人类间所有关于生活的种种观念和生长在他内心的芥蒂，都无影无踪，一个初入深山古寺第一次听到钟声而对人世忘记的那种僧人心情，悠然地飘展在他的全身。他第一次感觉到摆脱开由于欲念不满足而生在他意识上的一切哀怨是多么幸福呀！在这一瞬间，他宁静地享受这伟大的宇宙所赐予他温暖的阳光的抚摸。他的心意是多么舒坦。他又记起童年居家生活，这是久已失去的回忆，让眼睛温习着河崖的秃枝的树丛和坠落在走道上的枯叶，他又一次幸福地叹息了。两个衣裤单薄的孩子，在用耙子搂草。

——早我怎么没有发现冬天太阳这样明快呢？他望见树丛后的远远阔野上，勤苦的农人在施肥。

这一早晨，孙鸿魁的脸光焕发。两个弟媳妇替他包面饺，他们是侍候丈夫公公下田后，代他做午饭的。聋汉帮嫂子们烧火，由于心胸的畅亮，孙鸿魁超越了乡俗，以他大伯的身份，和她们谈天了。他自己也不知道他的谈欲为什么这样旺发，他起始讲述着日本巡舰"依王米"号未参战前开入海参崴港口的情形，大丑媳妇满脸红红地低着头听，后来，他讲回俄罗斯的乡村风俗来，珍姐开始感到有趣而问询了。二酉媳妇因为大伯子谈话的眼神一直注视着大丑媳妇，自己就一声不作，偶尔插句："你赶快包呀，皮子都黏了。"促醒大丑媳妇的注意。

留在隔壁孙泰昌家里看门的，只有三侠一个人，他一向是在王家庄姥娘门上读书，歇学刚一年。脸色虽已变成常受阳光晒成着古铜色，前额却因为从来少脱瓜皮帽而保持着原有的白净，两眼显示着机灵的光泽，在厢房专心一致地修理他的锄具。

"珍姐在屋吗？"这时有人弹着西窗口纸窗问。

"莲姐姐进来呀！"三侠没即刻站起来，仰脸望着门口，一种绣鞋轻轻踏地上枯叶的沙沙动静渐近，起初微露一双带绿缨的红鞋尖，随后现出有着两只聪明大眼睛的尖下颊脸。她的红唇菲薄，鼻子秀美，两鬓梳的红绳抓髻。印花布衣裤，两手一边掏着麦草辫，像她母亲一样的勤谨，边走边不用眼望地动着两手序草编织，她款款走进门口，连叫两声珍姐。显然她知道屋子里除了三侠没有另外的人，她的脸色立刻现出困惑的神情，这困惑的神情在少女找某个闺友而进门发现屋里是一个青年男子的时候，是常常不自主出现的。

"在粉儿家吗？"实际上她知道在这困窘的一瞬间必得说句话，她并不是真有所问询，而是故装坦静无私，显然她还是十五岁的孩子。

三侠不问，两只闪着机灵光泽的眼睛注视着她的两只眼，他是在试探，她能够不能够向自己望望。他想等待那两只智慧的眼睛接触到自己目光时，再开口。莲姐的脸立刻红润润的。低着头，不慌不促地走到门口，突然一种莫名所以的力量驱使着她拔脚飞跑，而正在这当儿，三侠的两腿也非出于自己本心般地跑出来，在她没有开始飞跑以前的一秒，他从没有过这个想头，正像两只春夜互相卧伏不动的猫，一个稍微挪移一下，一个也挪脚前移，若一个飞跑，那一个也立刻紧急追过去。当莲姐觉到将被三侠捉获的那恐怖的一刻间，立时自动地站住，而三侠也站住了，脸色变白，喘吁着，不说一句话。

"你怎么的？"莲姐满脸鲜红，皱着细淡的眉毛，仿佛激动的小松鼠一样，现着怒意。

三侠在新鲜悦目的阳光底下，凝静地望着莲姐，在她一瞥即逝的眼光里，他受到一个极深的责恨，他不说什么，更不知道自己追逐她的目的是想做什么，痴呆地站着不动。但当莲姐刚挪脚的工夫，他又迅速地掩着墙门，这时莲姐的两只手在他两手间抓攀起来，一个要关门，一个要打开，莲姐的心，剧烈地跳着，她被他那苍白的脸色和强烈的眼光吓得惶惶无主了。她高声叫起来："珍姐！"三侠立即放手不动，她仰脸向空又喊了声："珍姐儿，你在哪里呢？"

"在这儿，快来呀！莲姐儿，大爷在这讲故事呢！"东院声音隔着矮墙传过来。

"我找你，找不到。"她一边开门，一边高声说，"我当是你到红儿家去了呢！"

当莲姐离开墙门向他骄傲地挤眼自得那秒钟工夫，三侠终于扯了下她的黑黑的抓髻。之后他又后悔，为什么自己追她呢？扯她的辫子呢？她一定会告诉他的娘，他想也许告诉她那整天怒眉怒眼守空房的母亲。在满片阳光的院心，他用脚踏住小石子，另一只脚踏住一块白火石，然后，挪前一只脚到白火石上，把原来踏向白火石的脚跳到另一块石头上，他俯脸埋眼想：她是不是生气了，永远不再来了呢？接着他又悔恨，他不该在那时——她和他抢夺门闩的那紧张的当儿，亲她一下，她的脸一红，是多么俊、多么美呀！三侠畅快地用一只腿跳进屋去，又换另一只腿跳到锄柄前，才站住。

这一天，他在心惊不安中混过去，他不知道她是不是已经告诉了她母亲，是不是生了气，她为什么一天不见影子呢？他不知道，这天下午她们娘儿俩已经回到刘家疃去了。

（第一章完，全文未完）

后　记

　　写这小说的时候，是三次从满洲逃亡到祖国的一九三六年夏天。当时，并没有想能长久住居下，只不过打算带点"自由空气"回去给浴在血池里的人们，呼吸呼吸。结果是违背了原来的意思。

　　南方的酷暑，是叫人坐不住椅子、躺不住床铺的，然而在沪西汶林路一间房子里终于度过了五个月零几天的孤寂而热闷的生活。

　　夜间约摸十点多钟，窗外就有凉风扑来了。弄堂里照例有人砰砰敲门，不知是电影院的售票员还是酒座咖啡馆一类的侍者，他每夜定时归来，闹一顿，我必被惊醒，立即揉揉眼，扭亮灯，开始写作，一直到灯光减淡，玻璃窗发白，而弄堂里有人扫道或刷马桶声时，掷下笔，透透气，才上床睡去。

　　睡眠中熬过白天的燥热。出去散步，往往在傍晚。

　　从来没有人打搅我的昼寝，更没有什么来往的朋友。正因为如此，才使我与夜的汶林路发生了亲切的感情，静静的两排沿路梧桐树，在上海稀有的碧绿草地，空旷，还有车鸣犬吠。

　　以后，我离开那里，还是经常地跑去，怀了温存的心情，夜游。淞沪失陷，我也将离开上海，又默然去"凭吊"了半个夜晚，这恰如怀念这书里的塞北原野一样，现在更怀念着写这册子的寓所周围。

　　这其间，故乡早已不见有一纸一字寄来。我记起了一首杜诗，"戍鼓断人行，边秋一雁声。露从今夜白，月是故乡明。有弟皆分散，无家问死生。寄书长不达，况乃未休兵。"是时常作此感，不过那时是未交兵。

谁知事情过了八九个月的现在,竟意外获得了一点消息,册子里那座临近图们江的黑顶子山脉四遭"地都荒了,没有人敢种,情景一如往昔,可是珲春城里就两样了,仅拿白面来说,每袋比以前涨了三元多。"

所不同的还有,那就是信笺末端,居然印上了"连战连胜"四个字,当中又有小型太阳旗一面,日本法西斯蒂匪军们的摇尾之吠,亦只能如此。但扇扇虽然为了风凉,可是别人也会看出汗流满面的另一面来。况且不及"自来风"较真实,又况且"自来风"更是片刻工夫,拖舌张嘴的丑相,终于会在伟大的阳光下现出来的。

一九三八年六月十二日浙东前线

(文化生活出版社出版,一九三九年十一月沪初版,一九四二年四月桂二版,一九四七年三月沪三版)

重读《边陲线上》有感

一

在史无前例的"文化大革命"中,我常常怀着一种从未向人评说,或只向个别友人评说过的内心牢骚,只用四个字概括道"文学误我",或"艺术误我"。为了追求它,献出了自己最珍贵的青春,且为它牺牲了自己青年时代曾有的至今仍引起一些向往的爱情。等到去年南游绍兴,在鲁迅先生百年诞辰前夕,参观纪念馆的时候,见到了与鲁迅先生"戎马书生"图章并列的一方篆刻,同样是四字,乃"知识误我"。这真使我暗暗惊奇不已,难道鲁迅先生竟也有这种发自内心的牢骚么?

今天有机会重读一遍友人所赠送的自藏书之一的《边陲线上》,很自然地又重新把我带到了过去的年代,又开始回顾了从写作《边陲线上》这第二个里程碑开始起步的四十六年来的旅程。由一九三八年春在浙东到达的第三个里程碑,到今天是经过了四十二个春秋历程才到达的第四个里程碑。我明确地认识到自己所献身的事业,根本不是什么无目的的文学艺术。文学艺术在我不过是一种藉以求生的手段,而它的目的却是为了理想的共产主义社会的实现。就是说五十年代以前,是献身于民族与新民主主义革命,建国以来是献身于祖国的社会主义建设。

《边陲线上》是一九三六年鲁迅先生逝世以后完成的第一部长篇

小说，它就是为民族主义革命斗争服务的一个具体的例证。

如果说今天它还有重版选载的价值，虽然文笔还是这样的稚嫩，它的首要意义就在于它是一个这样的例证。

《边陲线上》完稿于一九三六年冬初，出版又在它脱稿三年之后的一九三九年冬初了。因为未能在抗日战争爆发之前出版，当时上海已经沦为孤岛，影响也就有限了！但它还是为当时的文艺界所注意的一部小说。这在一九四〇年出版的《文艺阵地》丛刊第一辑《水火之间》上刊载的贺宣先生（当时署贺依）的评论文中，是论及的。这部丛刊是楼适夷同志受茅盾先生委托而在势如孤岛的上海坚持战斗的一个阵地，发行范围自然也同样受着限制，它的读者也不很广的。但这个文艺阵地，在我们的抗战文学史上仍是革命现实主义文艺王冠上的一颗珍珠。这从贺先生的《论〈边陲线上〉》一文，可见孤岛上坚守这块神圣阵地而进行战斗的一斑。这恐怕是今天重版选载的一个意义了，说明它在抗战文学史上所起过的有着一定限度的作用。

二

在这里，还有必要向读者介绍一下本书出版前的两番挫折遭遇。

《边陲线上》完稿后，最初是由茅盾先生介绍出版处所的。初荐于生活书店而退稿，再荐于良友书店又被退稿。这两次退稿，我都是从吴淞徒步沿淞沪铁路走到上海去取回退稿的。我当时无法理解退稿为何不挂号寄来，却必须要作者去取回，见了面也并无具体意见要谈。

但茅盾先生是很坚定的，在两荐两退之后，又要我挂号寄"文学社"转给他，作了第三次推荐。只在这时我才体会到鲁迅先生为什么介绍《生死场》和《八月的乡村》由奴隶社来自费出书了。

那么鲁迅先生与茅盾先生，是从艺术的标准来看待东北流亡作者的作品么？不是的！在描写上，茅盾先生只称赞过小说中的氛围气很浓，主要的还是从民族面临危亡关头的政治需要出发，是从它的政治意义和将会产生的社会效果来看问题的；而出版者的着眼点如果不在于营利和销路，那么当然是着眼于作品的艺术的完美度。这或许就是鲁迅、茅盾两先生作为当代新写实主义的左翼阵营的统帅、副帅与出版界的主编人的不同处。出版者是从一个角度衡量作品，而鲁迅与茅盾两先生作为中国新现实主义文学的奠基人，是从另一个角度衡量作品。出版者除了艺术方面的要求之外，往往还要看一个作者的过去；而鲁迅与茅盾两先生除了从政治方面衡量作品外，看到的却往往是一个青年作者的未来。因为这些新人的过去是一无所有，而作品又确有它的稚嫩处。

出版者的着眼处固然未可厚非，而两位大师的卓识及远见，实在值得推崇。

如果说，今天它还有重版选载的意义，那么第二个意义或在此。

三

还有是版次问题与本书《后记》的时日与地点的签署问题。

首先，我要向友人常君实先生致谢意，是他把自藏本送给了我。这是只有一页残缺的完整本。而所缺的那一页是《后记》，倒在尾页上留有"一九三七年六月于浙东前线"的字样。

关于版次，底页只标明一九四二年"桂（林）初版"，一九四七年"沪二版"，却不见一九三九年八月沪初版的记载，是偶尔的疏失么？很奇怪。还有，一九三七年六月抗战还没有爆发，因而也无从有"浙东前线"之名，再则一九三七年抗战爆发之后，我还在上海参加前线抢救的保卫大上海的活动，直到一九三七年十一月才离开上海去浙东。这个《后记》的年月与地点的签署是校对者的错失或排字错误，现在很难说清楚了。只有待重版出书时加以改正了！

最后，由于《边陲线上》是一九三九年在上海文化生活出版社初版出书，在这里还应提一提原天马书店《天马丛书》主编人王任叔同志。一九三七年夏,我在上海法租界美笔里与乡友狄耕同志同住一前楼的时候,他曾去看过我们。以后在我离上海去浙东的前夕,他又以上海文艺界抗敌协会秘书长的名义为我介绍了冯雪峰同志,并听取了后者指示方针性的谈话。现在两位前辈文学革命家,都已先我而逝去,借本书选载的机会再次致念以示自己的崇敬。

《边陲线上》当时作为《天马丛书》之一准备出版的时候,上海"八一三"的抗日战争爆发了,原稿未损于火,也未丢失,两年之后又由王任叔转交文化生活社出版,这里也可以见到王任叔同志的认真负责的态度了。

在这里还要附笔向巴金先生致谢。如果不是得到他的称誉与支持,本书是很难在这个出版界颇负美誉的文化生活出版社出版的。

一九八二年七月四日茅公八十六诞辰